Und alle haben geschwiegen …

Ostfrieslandkrimi von Moa Graven

Impressum
***Und alle haben geschwiegen …* - Ein Fall für Eva Sturm auf Langeoog - Band 12**
Ostfrieslandkrimi von Moa Graven

Erschienen im Criminal-kick-Verlag Leer (Ostfriesland)
Oktober 2017
ISBN 978-3-946868-25-5
Umschlaggestaltung: Moa Graven

Zum Inhalt

Ulrike aus Esens reist mit ihrer Tochter nach Langeoog, um dort ihre Mutter Henny zu besuchen und ein paar unbeschwerte Tage in deren Ferienhaus zu verbringen. Doch bereits vor der Abfahrt läuft alles schief. Steffie, das Mädchen, vergisst auf der Damentoilette ihren Rucksack mit Abby, ihrem Lieblingsteddybären.
Ulrike ist hin und her gerissen, denn die Fähre legt praktisch schon ab. Soll sie den Bären noch holen? Dann bietet sich ein älterer Mann an, Steffie schon mal mit an Bord zu nehmen.
Ulrike rennt wieder ins Fährhaus, holt den Rucksack, doch als sie an den Fähranleger kommt, hat das Schiff schon abgelegt. Panisch ruft sie ihre Mutter Henny an, damit diese die Kleine auf Langeoog gleich in Empfang nimmt. Doch Steffie ist wie vom Erdboden verschwunden, als die Fähre vor Langeoog festmacht.
Henny erleidet einen Schwächeanfall und Eva wird um Hilfe gerufen. Wird man Steffie jemals finden?

Ein Septembertag

Es sollte ein besonders schöner Tag für Steffie werden. Ihre Mutter Ulrike hatte alles organisiert. Oma Henny war bereits seit dem Wochenende auf Langeoog und heute würden auch sie und Stefanie auf die schöne Insel rüberfahren, um ein paar freie Tage zu genießen.

Ulrike beneidete ihre Mutter oft um deren Gelassenheit. Bereits seit über zehn Jahren meisterte die Zweiundsechzigjährige ihr Leben nach dem plötzlichen Tod von Ulrikes Vater alleine. Statt den Kopf in den Sand zu stecken, hatte Henny damals nach einer kurzen und heftigen Trauerphase beschlossen, das Leben noch einmal zu genießen. Otto hätte das so gewollt, hatte sie gesagt und war in alle Vereine, die sich in Esens boten und ein wenig Abwechslung versprachen, eingetreten. Nach einem weiteren Jahr hatte Henny sich einen PC zugelegt und buchte eine Singlereise nach der anderen. Sie wanderte im Harz, fuhr in die Dolomiten und verbrachte den Herbst gerne auf einer ostfriesischen Insel. Dieses Jahr war es Langeoog.

»Wir müssen bald los mein Spatz«, sagte Ulrike zu Steffie, die gerade versuchte, ihren großen Teddy in einen Rucksack zu stopfen. »Willst du Abby wirklich mitnehmen?« Ulrike zog die Brauen hoch. »Sie passt doch gar nicht in den Rucksack. Und außerdem kannst du dann gar nichts anderes mehr mitnehmen.«

»Mama«, sagte Steffie ernst, »du nimmst mich doch auch mit. Also muss ich Abby doch auch mitnehmen. Du kannst ja meine Sachen mit in deinen Koffer packen.«

Ulrike musste schmunzeln. Sie liebte die Kleine über alles. Und viel mehr war ihr nach einer kurzen Ehe mit Ralf, der sie schon kurz nach Steffies Geburt das erste Mal betrogen hatte, auch nicht geblieben. Nach dramatischen Szenen, einer Versöhnung und weiteren zwei Jahren, in denen er die Finger von anderen Frauen ließ, geschah es dann wieder. Da war Steffie gerade in den Kindergarten gekommen. Ulrike, die einsah, dass es ihr mit Ralf nie anders gehen würde, zog einen Schlussstrich. Sie wollte sich nicht den Rest ihres Lebens die Augen aus dem Kopf heulen.

Seitdem lebte Ulrike alleine mit Steffie. Bald würde die Kleine in die Vorschule kommen. Und wenn es nach den Ärzten der Voruntersuchungen gegangen wäre, dann käme sie jetzt sogar schon in die erste Klasse. Doch Ulrike hatte dem nicht zugestimmt. Steffie würde schon noch früh genug die Mühlen der Erwachsenenwelt geraten. Und außerdem hätte sie dann den Kontakt zu Melanie verloren, mit der sie schon seit den ersten Tagen im Kindergarten befreundet war.

Manchmal fragte sich Ulrike, ob es vielleicht ihre Schuld war, dass Steffie zu so einer ernsten kleinen Persönlichkeit heranwuchs. Immer grübelte sie und machte sich um Dinge Sorgen, die eigentlich Ulrikes Part gewesen wären. Manchmal beim Einkauf packte die Kleine stumm Dinge in den Wagen, die ihre Mutter vergessen hatte, auf den Einkaufszettel zu schreiben. Instinktiv hatte das Kind den fehlenden erwachsenen Teil von Ralf ersetzt.

Ulrike hoffte, dass sie es ihr nicht eines Tages übelnahm.

»Ist gut mein Schatz«, sagte sie jetzt, »ich werde deine Sachen mit in meinen Koffer packen. Sicher hast du recht, dass es so am besten ist.«

Steffie hörte schon gar nicht mehr hin, denn sie stand, nachdem von Abby nur noch ein fusseliger Arm aus dem Rucksack lugte, vor ihrem Kleiderschrank und ging ihre Kleider und T-Shirts durch, um eine Auswahl für die Reise auszusuchen.

Und ich hab noch nicht einmal angefangen zu packen, dachte Ulrike bekümmert. Was bin ich bloß für eine Mutter? Sie schlich in ihr Schlafzimmer und zog den schwarzen Rollkoffer unter dem Bett hervor.

Seitdem Ralf vor guten zwei Jahren die gemeinsame Wohnung in Esens verlassen hatte, gab es hier und da Männerbekanntschaften, die sie größtenteils aus dem Internet kannte. Doch zu einer ernsthaften Beziehung war es bisher nicht wieder gekommen. Vielleicht brauchte sie einfach noch eine Weile, um über Ralf, der immerhin ihre erste große Liebe gewesen war, hinwegzukommen. Wenn sie so darüber nachdachte, dann hätte sie schon, bevor Steffie geboren wurde, erkennen können, dass er gerne mit anderen Frauen flirtete. Ralf war so einer, auf den alle flogen. Mit seinen großen blauen Augen und dem dunkelblonden verwuschelten Haaren sah er aus, als könnte er kein Wässerchen trüben. In verwaschener Jeans und blauem Karohemd hatte er sie angesprochen, als sie in einem Café in Esens Mittagspause machte.

Verdammt, dachte Ulrike und riss wahllos Pullover aus dem Kleiderschrank und knüllte sie in den Koffer. Wieso komme ich nicht von Ralf los? Warum muss ich immer wieder an ihn denken? Und die Antwort lag auf der Hand. Steffie hatte seine Augen. Sie würde bestimmt ein wunderschönes junges Mädchen werden. Schon jetzt, im Kindergarten, wurde sie immer als Erstes gewählt, wenn Gruppen gebildet wurden. Das hatte ihr Mal eine Kindergärtnerin hinter vorgehaltener Hand mit einem Lächeln erzählt. Und auch Ulrikes Mutter strich gerne über

Steffies blonden Schopf und bezeichnete sie als das schönste kleine Mädchen, das sie je gesehen hätte. Ob sie wusste, wie weh sie Ulrike damit tat? Und war es nicht eigentlich lächerlich, auf seine eigene Tochter eifersüchtig zu sein? Sie musste sich endlich zusammenreißen. Erwachsen werden, wie Henny immer gerne sagte. Und warum sie denn nicht längst einen neuen Mann an ihrer Seite hätte. Schließlich wäre sie doch noch so jung im Gegensatz zu ihr.

Ja, manchmal war es nicht leicht für Ulrike, Zeit mit ihrer Mutter zu verbringen. All die Liebe, die diese Steffie entgegenbrachte, die hatte Ulrike als Kind nie erfahren.

Steffie kam mit einem Arm voller bunter Kleidung ins Schlafzimmer gelaufen und riss sie aus ihren trüben Gedanken.

»Hier Mama, mehr brauch ich auch gar nicht.«

Sie legte die Sachen aufs Bett und verschwand schon wieder.

Reiß dich endlich zusammen, dachte Ulrike. Es sollen doch ein paar schöne Tage werden für Steffie. Und die kleinen Sticheleien von Henny, die würde sie schon ertragen, um ihrer Tochter einen Gefallen zu tun.

Sie legte auch die Sachen von Steffie in den Koffer, holte noch die notwendigen Utensilien aus dem

Badezimmer dazu und um kurz nach zehn waren sie eigentlich fertig, um aufzubrechen. Die Fähre um 11.30 Uhr würden sie locker schaffen, dachte Ulrike noch und griff schon nach den Jacken an der Garderobe, als ihr Handy klingelte.

Sie sah, dass es Britta war. Ihre Kollegin aus dem Supermarkt, wo sie seit einiger Zeit halbtags an der Kasse saß. Vielleicht war es wichtig. Also nahm sie ab.

»Britta, hallo«, sagte Ulrike in den Hörer, während Steffie schon mit Jacke und Rücksack an der Tür stand.

»He, Ulli, sorry, dass ich störe«, kam es vom anderen Ende, »ich weiß ja, dass du eigentlich frei hast, aber eben hat Elfie angerufen, dass sie flachliegt und dachte ich ...«.

»Warte Britta«, unterbrach Ulrike und sah dabei auf ihre Armbanduhr. »Ich würde gerne aushelfen, aber ich kann nicht. Wir sind gerade auf dem Sprung zur Fähre nach Langeoog. Ich werde da ein paar Tage mit Steffie bei meiner Mutter sein. Sie hat uns eingeladen, da kann ich unmöglich ...«.

»Ach so, schon gut«, sagte Britta lachend. Sie wusste, wie Henny Ulrike manchmal auf die Nerven ging. »Dann wünsche ich euch eine schöne Zeit. Ich ruf einfach mal bei Lilo an, vielleicht kann die ja einspringen. Wir sehen uns dann nächste Woche.«

»Ja, danke dir«, sagte Ulrike und legte auf.

»Mama, wir müssen jetzt aber wirklich los«, sagte Steffie mit ernster Miene.

»Ich weiß, mein Spatz, ich weiß.«

Ulrike zog ihrer Jacke über und warf nochmal einen Blick zurück zur Küche. Hatte sie die Kaffeemaschine auch ausgemacht?

»Mama ...«.

»Warte, ich bin gleich wieder da.«

Natürlich war die Kaffeemaschine aus. Und doch konnte Ulrike nicht anders. Sie musste immer alles noch einmal kontrollieren, bevor sie das Haus verließ. Als sie sicher war, dass auch die Stecker des Fernsehers, des PCs und der Waschmaschine gezogen waren, verließ sie endlich mit Steffie die Wohnung.

Schon, als sie die ersten Kilometer gefahren waren, überfiel Ulrike eine dunkle Vorahnung, dass der Tag schon jetzt gelaufen war. Und dann kamen sie auch prompt in einen Stau, der sich vor einer Baustelle gebildet hatte.

Einige Autofahrer drehten genervt um und suchten eine andere Möglichkeit. Doch für Ulrike gab es nur diese Strecke. Alles andere hätte noch mehr Zeit gekostet, die sie so langsam nicht mehr hatten. Ihr brach der Schweiß aus, während Steffie immer wieder fragte, wann es denn endlich weitergehen würde.

»Oma wartet doch«, quengelte sie jetzt. »Mama, warum geht es denn nicht weiter?«

»Es geht schon gleich weiter«, sagte Ulrike und klammerte ihre Hände krampfhaft um das Lenkrad, so dass ihre Knöchel weiß wurden.

»Aber wann denn?«

»Gleich, mein Spatz. Gleich ...«.

Nach weiteren endlosen Minuten setzten sich die Wagen vor ihr endlich in Bewegung. Stockend kamen sie voran, ohne noch einmal anhalten zu müssen.

Um 11.05 Uhr standen sie auf dem Parkplatz für Dauerparker in Bensersiel. Die meisten Stellflächen waren schon besetzt und Ulrike musste sich mit ihrem alten VW Golf bis ganz nach hinten durchkämpfen.

Als sie endlich den Wagen abschloss, war es schon 11.15 Uhr und sie rannte, den Koffer hinter sich herschleifend mit Steffie zum Schalter, um sich Karten für die Überfahrt zu lösen. Da werde ich mir nachher wieder was anhören müssen, dachte Ulrike, als sie schließlich bezahlte. Wie oft hatte ihre Mutter schon dazu geraten, sich die Karten doch einfach vorher zu besorgen. Zu allem Überfluss musste Steffie auch noch zur Toilette. Ulrike sah, dass es wirklich drängte, weil das Kind die Knie zusammenpresste.

Dann, als sie endlich draußen waren, gingen wohl schon die letzten Fahrgäste an Bord und Ulrike atmete tief durch, weil sie und Steffie es noch rechtzeitig geschafft hatten.

Als Ulrike mit Steffie einchecken wollte, rief das Mädchen plötzlich aus:

»Mama, Abby!«

»Was ist mit Abby?«, fragte Ulrike. Sie sah automatisch zum Rücken ihrer Tochter. Der Rucksack war nicht da. »Wo ist dein Rucksack?«

»Im Klo ...«, sagte das Mädchen mit Tränen in den Augen. »Abby ...«.

»Oh Gott, nein, auch das noch.« Ulrike sah den Mann, der schon mit den Augen rollte, flehend an. »Kann ich nochmal zurück, um den Rucksack zu holen?«

Der Mann zog die Schultern hoch. »Die Fähre wird pünktlich abfahren, aber wenn Sie sich beeilen.«

»Sicher«, sagte Ulrike dankbar, »ich bin sofort wieder da. »Steffie, du gehst schon mal durch und auf die Fähre, okay?«

Das Mädchen sah sie unsicher an.

»Ich kann dann schneller nachkommen«, erklärte Ulrike und das Mädchen nickte.

Der Mann, der die Dramatik der Situation erkannte, nahm Ulrikes Koffer und die Hand von Steffie.

»Gehen Sie schnell«, sagte er, »ich bringe die Kleine an Bord. Das wird schon.«

»Danke«, sagte Ulrike erleichtert und rannte los zur Damentoilette.

Sie konnte dann, dort angekommen, gerade noch eine nette ältere Dame davon abhalten, den Rucksack an sich zu nehmen.

»Der gehört meiner Tochter«, rief Ulrike erleichtert aus und streckte ihren Arm aus. »Sie hat ihn vergessen. Ich muss schnell zur Fähre, sonst fährt die ohne mich ab.«

Die Frau nickte und reichte Ulrike den Rucksack. »Hier, und nun laufen Sie, sonst kommen Sie zu spät.«

Ulrike bedankte sich erleichtert und rannte wieder nach draußen.

Es tutete laut.

Passagiere an Bord winkten den an Land gebliebenen zu.

Ulrikes Herz blieb fast stehen vor Schreck.

»Halt!«, rief sie voller Panik, »ich muss noch mit! Meine Tochter ist alleine an Bord.«

Sie hastete die wenigen Stufen nach unten und winkte wild mit den Armen, während sie immer wieder rief: »Halt! Steffie! Ich muss mit!«.

Doch es half alles nichts. Die Fähre wurde mit jedem Meter, den sie weiter auf die offene See hinausfuhr, immer kleiner.

Erste Tränen traten in Ulrikes Augen.

»Steffie ...«, jammerte sie jetzt. »Ich muss doch zu meiner Tochter.«

»Ist alles in Ordnung?«, fragte eine Frauenstimme hinter ihr und Ulrike erkannte durch einen Schleier von Tränen die ältere Dame, die ihr Steffies Rucksack zurückgegeben hatte.

»Nein, nichts ist in Ordnung.«

Jetzt weinte Ulrike.

»Meine Tochter ist alleine an Bord. Was soll ich denn jetzt machen?«

»Kommen Sie«, beruhigte sie die ältere Dame und griff nach ihrem Arm und zog sie mit sich. »Wir setzen uns jetzt erst mal da oben hin. »Wir finden schon eine Lösung. Und außerdem ist Ihre Tochter ja nicht alleine auf der Fähre. Wie alt ist sie denn?«

»Fünf«, antwortete Ulrike, während sie mit der Frau die Stufen Richtung Fährhaus wieder nach oben stieg. Sie wischte sich mit dem Ärmel übers Gesicht.

»Oh, erst fünf«, echote die ältere Dame. Offensichtlich wurde auch ihr jetzt ein wenig bang. Doch das wollte sie natürlich nicht zeigen. »Bestimmt kümmert sich schon eine nette andere Mutter um Ihre Tochter«, sagte sie dann. »Machen Sie sich keine Sorgen. Die nächste Fähre legt ja auch bald ab, und dann fahren Sie einfach hinterher. Ist denn vielleicht jemand auf Langeoog, den Sie informieren könnten?«

Sie hatten sich an einen kleinen Tisch gesetzt.

Ulrike nickte. »Ja, meine Mutter ist bereits drüben. Ich könnte sie anrufen, damit sie Steffie abholt. Wir wollten sie nämlich an diesem Wochenende auf der Insel besuchen.«

»Na sehen Sie. Dann ist doch alles in Ordnung«, beruhigte die Frau. »Rufen Sie Ihre Mutter an und ich besorge uns erst mal einen Kaffee auf den Schrecken.«

Was bin ich bloß für eine Rabenmutter, dachte Ulrike, als sie ihr Handy aus ihrem Rucksack kramte.

Es tat ihr gut, dass sie in der alten Dame Zuspruch gefunden hatte. Bestimmt wäre sie da unten am Fähranleger alleine völlig hysterisch geworden.

Sie suchte nach der Nummer ihrer Mutter in der Anrufliste und drückte die grüne Taste.

»Ulrike, seid ihr etwa schon da?«, hörte sie kurz darauf die Stimme von Henny in ihrem Ohr. Es war so typisch, dass sie sich nicht mit Begrüßungsfloskeln aufhielt, wenn ihre Tochter anrief. Und das machte sie nur bei ihr.

»Hallo Mama«, sagte Ulrike kleinlaut, »nein, wir sind noch nicht da. Steffie ist auf der Fähre und ...«, sie musste schlucken und es entstand eine unangenehme Pause.

»Was soll das heißen, Steffie ist auf der Fähre? Wo bist du denn?«, kam es lauernd vom anderen Ende.

»Mama, reg dich jetzt bitte nicht auf. Es wird alles wieder gut ...«.

»Was um Gottes willen hast du wieder angestellt, Ulrike?«

»Es ging doch um Steffies Rucksack, ich konnte ihn doch nicht in Bensersiel lassen ...«.

»Sprich nicht in diesen Rätseln, wenn es um meine Enkeltochter geht. Was ist los?!«

Ulrike wusste genau, dass ihre Mutter ihr die Schuld an allem geben würde. Das tat sie immer.

»Wir waren spät dran, weil da so ein blöder Stau war in Esens ...«.

»Das interessiert mich jetzt nicht im Geringsten, warum du wieder mal versagt hast«, kam es kalt vom anderen Ende.

Die ältere Dame kam mit einem Tablet zurück an den Tisch und Ulrike stand auf und ging ein paar Meter, damit sie das Gespräch nicht mithörte. Einfach zu peinlich, wenn man so von seiner Mutter behandelt wurde. Wie ein kleines dummes Kind. Und vielleicht hatte Henny sogar recht mit allem. Oh Gott, wenn Steffie nur nichts zustieß.

»Mama, es ist eben passiert«, sagte sie jetzt mit festerer Stimme, und das mochte auch daran liegen, dass die nette ältere Dame ihr aufmunternd zunickte. »Wichtig ist, dass du jetzt sofort zum Fähranleger gehst und Steffie in Empfang nimmst, wenn die Fähre anlegt.«

»Wie redest du eigentlich mit mir?«

»Mama, tu es für Steffie, bitte.«

»Ist gut. Wir unterhalten uns später. Ich nehme an, dass du die nächste Fähre nimmst.«

»Ja, das mache ich. Sie fährt glaub ich um halb zwei oder so. Ich bin dann auch bald bei euch. Es tut mir leid, dass das passiert ist, aber ich wollte doch nur Steffies Teddy holen, den sie auf der Toilette vergessen hat.«

»Schieb die Schuld nicht auf das Kind«, hörte Ulrike noch, bevor einfach aufgelegt wurde.

»Alles soweit in Ordnung?«, fragte die Frau, als Ulrike an den Tisch zurückkam und sich setzte.

»Na ja, wie man's nimmt. Aber auf jeden Fall wird meine Mutter gleich zum Fähranleger gehen und Steffie abholen.«

Erleichtert nahm Ulrike ihre Kaffeetasse in die Hand.

»Es wird bestimmt alles wieder gut. Und ich bin sicher, dass Ihre kleine Tochter genauso selbständig ist wie Sie.«

Wenn du wüsstest, dachte Ulrike. Ihre Mutter hatte ihr schon als kleines Mädchen nichts zugetraut und das hatte sich bis heute nicht geändert. Sie machte es dagegen mit

Steffie ganz anders. Und vielleicht wollte man sie deshalb schon mit fünf Jahren einschulen. Oder lag es daran, dass sie das Mädchen alleine großzog? Egal. Wichtig war, dass Steffie in sicheren Händen war. Und der Mann von der Abfertigung hatte sie doch mitsamt dem Koffer mit an Bord genommen. Bestimmt hatte er mitbekommen, dass sie die Fähre verpasst hatte, und kümmerte sich jetzt um Steffie. Ja, genauso würde es sein.

»Ja, Steffie ist ganz schön weit für ihr Alter«, antwortete sie jetzt, »sie kommt schon klar. Wahrscheinlich hat sie sogar gesehen, wie ich hier wild am Anleger gestanden habe zu winken und hat sich einen Spaß daraus gemacht, dass ich die Fähre verpasst habe. Nur schade, dass ich ihr noch kein Handy gekauft habe. Sonst könnte ich sie jetzt anrufen.«

»In dem Alter sollten Kinder noch kein Handy haben«, meinte die ältere Dame. »Aber in diesem Fall wäre es natürlich ein Segen. Ich bin übrigens Luise. Entschuldigung, ich habe mich noch gar nicht vorgestellt.«

»Ulrike«, entgegnete Ulrike. »Vielen Dank, Luise, dass Sie sich so rührend um mich gesorgt haben. Das meine ich ehrlich.«

»Schon gut. Ich habe gleich gemerkt, dass Sie in Schwierigkeiten waren, als Sie nach dem Rucksack Ihrer

Tochter suchten. Ich bleibe gerne so lange bei Ihnen, bis die nächste Fähre geht.«

Ulrike wurde die Sache langsam doch unangenehm.

»Aber ich möchte Ihnen keine Umstände machen. Sie haben sicher Besseres zu tun, als hier mit mir Händchen zu halten.«

»Ach, das passt schon. Ich habe eine Freundin hier abgeliefert, die auf die Insel gefahren ist. Und jetzt weiß ich eigentlich gar nicht, was ich machen soll. Ich bin alleinstehend, wissen Sie.«

Na dann, dachte Ulrike. Aber trotzdem fühlte es sich nicht richtig an. Doch sie spürte, dass Luise sich nicht von ihren Plänen abbringen lassen würde. Sie erinnerte sie immer mehr an ihre eigene Mutter. Und das war keine schöne Entwicklung.

»Das ist wirklich nett von Ihnen«, brachte sie knapp hervor. Viel lieber hätte sie jetzt ihre Freundin angerufen oder einfach nur aufs Wasser gestarrt, bis endlich die nächste Fähre fuhr.

»Sie ziehen Steffie alleine groß?«

»Ja, das stimmt.«

»Das ist nicht leicht.«

»Meine Mutter hilft mir bei vielen Dingen ...«.

»Da können Sie von Glück sagen. Als ich meinen Ewald alleine großgezogen habe früher, da war alles nicht so leicht wie heute.«

Es ist auch jetzt nicht leicht, murrte es in Ulrike. Vor allem nicht, wenn einem ständig ältere Frauen im Nacken sitzen und meinen, sie wüssten alles besser.

»Das kann ich mir vorstellen«, antwortete sie. »Aber leicht ist es auch heute nicht. Die Anforderungen sind andere geworden.«

»Ja, Sie haben recht. Ich will mich auch nicht beklagen. Dem Ewald geht es gut.«

Na, was für ein Glück.

»Das freut mich. Wie alt ist Ihr Sohn denn?«

»Achtundvierzig.«

Na, dann musste Luise ja fast siebzig sein, wenn sie nicht schon im Teenageralter Mutter geworden war. Danach sah sie nicht aus. Vielleicht hätte sie jetzt fragen sollen, warum sie das Kind alleine großgezogen hatte. Doch im Prinzip interessierte es sie nicht.

»Dann ist er ja aus dem Gröbsten raus«, sagte Ulrike jetzt und wusste selber nicht, wie ihr diese Worte aus dem Mund gekommen waren. »Ich meine, es ist ...«, stotterte sie jetzt.

Luise sah sie weiter herzlich an und dann mussten beide lachen.

»Ich mag Ihren Humor, Ulrike.«

Meine Mutter nicht, lag es Ulrike auf der Zunge. Doch sie unterließ diese Bemerkung und schluckte sie herunter.

Sie hatten gar nicht gemerkt, wie die Zeit vergangen war. Jetzt sah Ulrike auf ihre Armbanduhr.

»Eigentlich müsste die Fähre doch schon drüben angekommen sein. Komisch, dass meine Mutter sich noch nicht gemeldet hat.«

»Vielleicht sollten Sie sie einfach nochmal anrufen«, schlug Luise vor. »Bestimmt hat sie Steffie auf den Schrecken erst einmal in das nächste Eiscafé entführt.«

»Kann sein«, erwiderte Ulrike und drückte die Taste für die Wahlwiederholung.

Es klingelte lange, ohne dass jemand abnahm. Als die Mailbox dranging, wählte Ulrike sofort nochmal. Das wiederholte sich fünf oder sechs Mal, bevor sie das Handy mit hochgezogenen Brauen sinken ließ.

»Das verstehe ich nicht«, murmelte Ulrike. »Sie weiß doch, dass ich mir Sorgen mache. Da könnte sie doch wenigstens ans Telefon gehen.«

Luise nickte. »Eigentlich schon.«

»Irgendwas stimmt da nicht«, sagte Ulrike. »Ich werde mal am Schalter fragen, ob die Fähre schon vor Langeoog angelegt hat.«

»Ist gut, ich warte hier.«

Die junge Frau am Schalter war nett und rief sofort auf der Insel an.

»Die Fähre hat bereits angelegt«, sagte sie. »Bestimmt ist alles in Ordnung mit Ihrer Tochter.«

»Hm ... ja. Kann man denn nicht versuchen, meine Mutter und meine Tochter auszurufen?«

»Oh, dafür ist es, fürchte ich zu spät. Die Fähre ist ja bereits auf dem Weg zurück.«

»Aber warum meldet sich meine Mutter dann nicht? Ich verstehe das nicht«, sagte Ulrike mehr zu sich selbst.

»Dafür gibt es bestimmt einen plausiblen Grund«, versuchte die junge Frau sie zu beruhigen. »Es dauert ja auch nicht mehr lange, bis die nächste Fähre geht.«

»Danke trotzdem«, sagte Ulrike und wandte sich zum Gehen.

Sie wollte gerade wieder nach draußen zu Luise an den Tisch zurückgehen, als die junge Frau vom Schalter hinter ihr herrief.

»Hallo!? Warten Sie bitte, da war gerade ein Anruf«, hörte Ulrike hinter sich und wusste, dass nur sie gemeint sein konnte, obwohl sich schon wieder zahlreiche Gäste eingefunden hatten, die auch nach Langeoog wollten.

Wie in Trance drehte sie sich um. Was jetzt kam, war etwas, dass ihr Leben verändern würde. Sie wusste es einfach. Mit Steffie war etwas geschehen. Und darum ging ihre Mutter nicht ans Telefon.

Sie ging den kurzen Weg zurück zum Schalter. Ihr Gesicht war kalkweiß.

»Da hat eben jemand angerufen von Langeoog«, sagte die junge Frau und machte ein besorgtes Gesicht. »Eine ältere Dame hat nach Ihnen gefragt.«

»Meine Mutter? Henny Bartjen?«

»Ja, genau.«

»Was ist passiert? Was ist mit Steffie?!«, brüllte Ulrike jetzt und andere sahen sich neugierig nach ihr um.

»Hören Sie, es ist besser, wenn wir das hinten besprechen«, sagte die junge Frau durch die Glasscheibe und winkte Ulrike zu einer Seitentür.

Oh Gott, Steffie, hämmerte es in Ulrikes Kopf. Ich habe mein Kind im Stich gelassen.

Die junge Frau führte sie in eine Art Büroraum und gab ihr ein Glas Wasser.

»Soweit ich es verstanden habe, hat Ihre Mutter einen Nervenzusammenbruch am Fähranleger erlitten. Deshalb ist sie wohl auch nicht ans Telefon gegangen ...«.

»Nervenzusammenbruch?«, wiederholte Ulrike und ihre Hände zitterten, als sie das Glas Wasser wieder auf einen kleinen Tisch stellte. »Wieso hatte sie einen Nervenzusammenbruch?« Und will ich das überhaupt wissen?, fragte eine ängstliche Stimme parallel in ihr.

»Hören Sie, Frau Renken, bestimmt klärt sich alles wieder auf …«.

»Was ist mit Steffie?«

»Man weiß nicht, wo sie ist«, sagte die junge Frau behutsam. »Deshalb hat Ihre Mutter wohl auch einen Zusammenbruch erlitten, weil sie nicht auf der Fähre war.«

Sämtliche Muskeln spannten sich in Ulrike an und ihre Hände krallten sich um die Sitzfläche des Stuhls.

»Was soll das heißen, Steffie war nicht auf der Fähre?«, fragte sie und ihr Mund wurde trocken.

Die junge Frau legte eine Hand auf ihre Schulter und strich sachte darüber.

»Hören Sie, es gibt keinen Grund zur Panik. Bestimmt hat sich jemand um Ihre Tochter gekümmert und mit an Land genommen. Es klärt sich alles auf, da bin ich ganz sicher.«

»Ich will sofort nach Langeoog«, presste Ulrike zwischen den Zähnen hervor. »Gibt es jetzt sofort und auf der Stelle eine andere Möglichkeit als die nächste Fähre?«

»Sicher, ich kümmere mich sofort darum«, sagte die junge Frau und griff zum Telefon, das auf dem Tisch stand.

»Es kommt ein Schnellboot und bringt Sie rüber«, sagte sie dann, als sie aufgelegt hatte. »Kommen Sie, ich bringe Sie zum Anleger.«

»Jemand muss die Polizei informieren«, sagte Ulrike und nahm als Erstes dieses Wort in den Mund.

»Auch darum werde ich mich kümmern«, versprach die junge Frau und blieb noch einen Moment stehen, als Ulrike schließlich in das kleine Boot stieg, um rüber auf die Insel gebracht zu werden.

Eva und das Kind

Er liebt mich, er liebt mich nicht ... er liebt mich ... und eigentlich ist mir das völlig egal. Die Tageszeitung lag in tausend Schnipseln vor Eva auf dem Küchentisch, als ihr Handy klingelte.

»Hallo«, sagte sie. Die Nummer auf dem Display sagte ihr nichts.

»Frau Sturm? Ich rufe vom Fähranleger auf Langeoog an. Ein Kind wird vermisst.«

»Ein Kind? Vermisst?«

Eva schob die Papierschnipsel zur Seite.

»Was ist denn passiert?«

»Tja, das wissen wir auch nicht so genau. Aber ich bin eben darüber informiert worden, dass eine Mutter in Bensersiel die Fähre verpasst hat und ihre Tochter mit nach Langeoog gefahren ist. Doch hier ist sie dann nicht aufgetaucht. Ihre Großmutter wollte sie abholen, aber das Mädchen war nicht da.«

»Oh meine Güte, das hört sich nicht gut an. Hoffentlich ist das Kind nicht über Bord gegangen.«

»Das ist wohl eher unwahrscheinlich, es waren doch so viele Menschen auf der Fähre, da hätte bestimmt jemand etwas mitbekommen.«

»Unwahrscheinlich vielleicht, aber nicht unmöglich. Aber natürlich wollen wir hoffen, dass es nicht so ist. Die Küstenwache ist hoffentlich informiert«, sagte Eva.

»Ja, es wird bereits gesucht ...«.

»Gut, ich werde mich gleich auf den Weg machen. Wo ist die Mutter denn jetzt? Und die Großmutter, ist die noch am Fähranleger?«

»Die Mutter kommt jeden Moment mit einem Schnellboot an und die Großmutter musste nach einem Nervenzusammenbruch ärztlich betreut werden. Sie ist noch hier.«

»Ach herrje ... ich bin gleich da.«

Eva legte auf.

Wieder ein Kind, dem etwas passiert sein könnte, dachte sie. Gerade solche Fälle zogen sie immer mehr herunter. Früher war das anders. Da schob hier und da mal ein Nachbar eine Flinte durch die Hecke und drückte ab, weil ihn überhängendes Laub störte.

Mit gemischten Gefühlen verließ Eva ihre Wohnung und kam bald darauf mit ihrer neuen Errungenschaft, einem E-Bike, am Fähranleger an.

Das Erste, was ihr ins Auge fiel, war eine durchaus attraktiv wirkende ältere Frau, die einsam auf einer Bank saß.

»Sind Sie vielleicht die Großmutter des vermissten Mädchens?«, fragte Eva, während sie ihr Fahrrad in kurzer Entfernung abstellte.

»Und Sie sind?«, fragte die Frau zurück.

»Eva Sturm. Ich bin die zuständige Inselpolizistin. Man hat mir Bescheid gesagt, dass Ihre Enkelin nicht hier angekommen ist.«

Sofort sackte die Frau in sich zusammen.

»Steffie ...«, jammerte sie. »Was ist bloß passiert? Wenn Ulrike besser aufgepasst hätte, dann ...«.

Sie schniefte in ihr Taschentuch.

Eva setzte sich zu ihr.

»Ihre Tochter ist noch nicht hier?«

»Doch, irgendwo läuft sie hier herum«, antwortete die Frau abwertend. »Jetzt macht sie sich auch endlich Sorgen.«

»Kommen Sie, wir suchen gemeinsam nach ihr.«

»Nein danke. Dafür bin ich noch viel zu aufgewühlt. Aber hier ist mein Handy, rufen Sie sie einfach an, das erleichtert Ihnen die Arbeit. Mein Name ist übrigens Henny Bartjen.«

Sie drückte Eva das Handy, nachdem sie auf Wahlwiederholung gedrückt hatte, in die Hand.

»Mama?«, kam es kurz darauf vom anderen Ende.

»Nein, hier ist Eva Sturm«, erklärte Eva. »Ich bin von der Polizei und müsste wissen, wo Sie sich gerade aufhalten.«

»Polizei? Also, ich bin gerade ein Stück weit am alten Hafen hochgelaufen.«

Eva wusste, was sie meinte.

»Okay, ich komme zu Ihnen«, sagte sie und legte auf.

»Bleiben Sie bitte hier sitzen, bis ich wieder da bin«, bat sie die Großmutter und ging dann los.

Ulrike war so ganz anders, als Eva es sich nach dem ersten Kontakt mit ihrer Mutter vorgestellt hatte. Sie wirkte so labil und fahrig. In der derzeitigen Situation bestimmt verständlich. Doch sie hatte auch sonst nichts mit ihrer Mutter gemein. Sie trug eine verwaschene Jeans und einen dunkelblauen Schlabberpullover. Fast wirkte es ein wenig trotzig, alleine, um ihrer Mutter zu widersprechen. Ulrike mochte Mitte dreißig sein, und sah aus wie ein störrisches Kind.

»Frau Renken?«, fragte Eva. »Ich bin Eva Sturm.«

Ulrike nickte nur zur Bestätigung.

»Wir werden Ihre Tochter sicher bald finden«, sagte Eva.

»Ach ja? Aber wo?«

Ulrike sah aufs Wasser, das in sachten Wellen am Land auslief.

»Ich brauche jetzt jedes Detail zu Ihrer Tochter Steffie.«

Bei der Erwähnung des Namens zuckte Ulrike zusammen.

»Wie ich gehört habe, war sie alleine auf der Fähre, ich meine, ohne Sie.«

Ulrike ließ sich plötzlich fallen und saß im Gras. Eva ging ebenfalls in die Hocke und setzte sich schließlich auch auf den Deich.

»Es war doch nur wegen des Rucksacks. Da war doch Abby drin, der Teddy von Steffie. Ich musste ihn doch holen.«

»Aber sicher. Und deshalb haben Sie die Fähre verpasst?«

Ulrike nickte.

»Und dabei hatte mir der Mann noch versichert, dass ich es bestimmt noch schaffen würde.«

»Welcher Mann?«

»Na der, der mir den Koffer und Steffie abgenommen hat.«

»Wieso das denn?«

»Er war ein Bediensteter der Fähre«, erklärte Ulrike schnell, bevor Eva noch dachte, dass sie jedem x-beliebigen ihr Kind in die Hand drücken würde.

»Ach so, verstehe. Haben Sie schon mit ihm gesprochen?«

»Ich? Nein, bisher nicht. Das ist sicher auch Ihr Job.«

»Natürlich. Ich werde mich gleich darum kümmern. Also ist die Fähre abgefahren und Steffie war an Bord. Haben Sie Ihre Tochter denn noch an Deck gesehen? Hat Sie Ihnen vielleicht zugewunken oder so?«

»Zugewunken? Sie meinen, fröhlich lachend, weil sie eine so bescheuerte Mutter hat?«

»Nein, so meine ich das nicht. Es geht mir darum, ob Sie Ihre Tochter noch gesehen haben auf der Fähre. Es könnte doch auch sein, dass sie gar nicht mitgefahren ist.«

»Nicht mitgefahren?«, echote Ulrike und verstand langsam. »Nein, gesehen habe ich Sie nicht. Aber wenn sie nicht auf der Fähre war und in Bensersiel geblieben ist, warum ist sie dann nicht zu mir gekommen?«

Und im nächsten Moment beantwortete sie sich die Frage selbst.

»Oh mein Gott, Sie glauben, dieser Mann hat Steffie entführt?«

»Im Moment versuche ich nur alle Möglichkeiten in Betracht zu ziehen«, sagte Eva. »Wir müssen den Mann finden und mit ihm sprechen. Kommen Sie mit?«

»Aber natürlich.«

Als hätte Ulrike neuen Mut gewonnen durch die Aussicht, dass ihre Tochter vielleicht gar nicht ertrunken war, was sie insgeheim befürchtete, stand sie auf und klopfte ihre Jeans ab.

Doch am Fähranleger hatten sie kein Glück. Der Mann, den Ulrike in groben Zügen beschrieb, war der Angestellten nicht bekannt.

»Aber das muss nichts heißen«, sagte sie schnell, als sie merkte, wie Ulrikes Blick sich verdunkelte. »Ich kenne wirklich nicht jeden, der die Fähren begleitet. Es kommen so viele Menschen jeden Tag auf die Insel, da kann man sich kaum noch Gesichter merken.«

»Schon gut«, sagte Eva. »Wir werden gleich, wenn die nächste Fähre ankommt, noch einmal direkt dort nachfragen. Vielleicht haben wir Glück, und der Mann ist sogar an Bord.«

Die Angestellte nickte mitfühlend.

»Wir können uns zu Ihrer Mutter setzen, bis die Fähre da ist«, schlug Eva vor und sah sofort, wie unangenehm Ulrike dieser Gedanke war. »Es nützt nichts, Sie werden mit ihr reden müssen«, fuhr Eva fort. »Schon alleine im Interesse von Steffie. Kommen Sie.«

Eva nickte Ulrike aufmunternd zu und beide setzten sich dann in Bewegung Richtung Ausgang.

Die Reaktion von Ulrikes Mutter war hart und gnadenlos.

»Du bist schon immer unfähig gewesen, dich um dein Kind zu kümmern«, wetterte Henny Bartjen sofort los, als sie ihre Tochter sah.

»Mama, ich habe doch ...«, jammerte Ulrike.

»Hören Sie«, mischte sich Eva ein, »Vorwürfe bringen jetzt niemanden weiter. Und am wenigstens helfen Sie beide Steffie damit.«

Das wirkte. Augenblicklich wurde Henny Bartjen still und setzte einen neutralen Blick auf. Eva und Ulrike setzten sich zu ihr auf die Bank. Ulrike allerdings außen, so dass Eva in der Mitte saß. Die Kälte, die zwischen diesen beiden Frauen hing, kroch Eva förmlich den Nacken hoch. Es entstand eine bedrückende Stille, die sie kaum zu durchbrechen wagte. Was sollte sie auch sagen? Jedes beschwichtigende Wort hätte Mutter und Tochter mit Sicherheit sofort wieder aneinandergeraten lassen.

Und als habe von irgendwoher jemand ein Einsehen, dass diese drei Frauen sich in einer ausweglosen Situation befanden, tutete es und die nächste Fähre mit weiteren Inselbesuchern lief bald darauf in den Hafen ein.

»Ulrike, kommen Sie bitte mit«, sagte Eva erleichtert.

Eva blickte in viele Gesichter, die teils freudig, manchmal auch nach einer langen Anfahrt einfach nur kaputt aber froh aussahen, weil sie endlich ihr Ziel erreicht hatten. Ulrike, die neben ihr stand, zuckte bei jedem kleinen Mädchen, das von Bord ging, zusammen.

Als auch der letzte Gast die Fähre verlassen hatte, sah Eva zu Ulrike und diese schüttelte den Kopf.

»Ich habe den Mann nicht gesehen«, sagte sie leise.

»Okay, dann gehen wir jetzt an Bord«, sagte Eva und hielt die abreisewilligen Gäste mit wenigen erklärenden Worten davon ab, auf die Fähre zu gehen. Dann ging sie mit Ulrike an Bord und traf auf den ersten Angestellten.

»Eva Sturm, Inselpolizei. Wir suchen nach einem Ihrer Kollegen.«

»Ach ja?«, fragte der Mann in den Vierzigern misstrauisch.

»Ulrike, können Sie bitte den Mann kurz beschreiben, der Ihre Tochter in Obhut genommen hatte?«, sagte Eva zu der jungen Mutter und ging nicht weiter auf die Äußerung des Mannes ein.

»Er war etwas älter als Sie«, begann Ulrike. »Und er hatte schon viel mehr graue Haare. Außerdem war er größer und trug eine dunkle Hornbrille.«

»Passt diese Beschreibung auf einen Ihrer Kollegen?«, fragte Eva.

Der Mann schien angestrengt nachzudenken, bis er dann schließlich sagte:

»Ne, nie gesehen. So einer arbeitet hier nicht.«

»Sind Sie sicher?«, fragte Eva, die eigentlich davon ausgegangen war, gleich einen Namen zu hören.

»Ich bin noch nicht senil«, erwiderte der Mann. »Und meine Kollegen kenne ich alle, schließlich bin ich schon über zehn Jahre dabei.«

»Schon gut. Und es könnte nicht sein, dass kürzlich jemand Neues eingestellt worden ist, mit dem Sie vielleicht noch nicht zusammen gefahren sind?«, fragte Eva.

Die ganze Sache wurde immer mysteriöser.

»Ne, das kann nicht sein«, sagte der Mann bestimmt.

»Komisch ...«, sagte Eva mehr zu sich selbst und es schwante ihr langsam, dass es sich bei dem Mann, der Ulrike versprochen hatte, auf Steffie aufzupassen, während sie nach dem Rucksack suchte, nicht der war, der er vorgegeben hatte zu sein. Er gehörte nicht zur Fährenmannschaft. Offensichtlich hatte man Steffie entführt.

»Was hat das zu bedeuten?«, fragte Ulrike mit zitternder Stimme und ihr musste die Antwort längst klar sein.

»Es muss nicht das sein, was wir beide jetzt denken«, antwortete Eva und legte Ulrike einen Arm um die Schulter. »Kommen Sie, wir werden jetzt zu Ihrer Mutter gehen und gemeinsam werden Sie beide dann in ihre Wohnung gehen.«

»Das überlebe ich nicht«, sagte Ulrike und es klang nicht nach einem Scherz.

»Möchten Sie sich lieber ein eigenes Zimmer nehmen?«

»Das überlebe ich erst recht nicht«, stöhnte Ulrike. »Nein, ist schon okay, ich gehe mit zu meiner Mutter.«

In der Dienststelle

Die Stimmung war erwartungsgemäß kalt gewesen, als Eva die beiden Frauen bei ihrem Ferienhaus in der Nähe des Wasserturms abgeliefert hatte. War es der Großmutter eigentlich wirklich zu verdenken, dass sie so reagierte?, fragte sich Eva, als sie anschließend die Dienststelle aufschloss und hineinging.

Es war kein Geheimnis, dass Großmütter an ihren Enkeln alles wieder gutmachten, was sie bei den eigenen Kindern versäumt hatten, und diese maßlos verwöhnten und liebten. Es musste Henny Bartjen das Herz zerrissen haben, als sie verzweifelt nach Steffie Ausschau gehalten hatte, nachdem so nach und nach alle Gäste die Fähre verlassen hatten, und sie diese nicht entdecken konnte. Am Anfang, da konnte so etwas immer noch eine harmlose Erklärung haben. Doch irgendwann kam der Schlag ins Gesicht. Steffie war weg.

Eva setzte einen Kaffee an und ging zu ihrem Schreibtisch. Womit sollte sie anfangen? Sie hatte nur die karge Beschreibung des Mannes, der Steffie von Ulrike übernommen hatte. Mitsamt dem Koffer. Es gab nun zwei Möglichkeiten, entweder war der Mann gar nicht mit Steffie auf die Fähre gegangen. Dann musste doch jemand am Fähranleger in Bensersiel das ungleiche Paar gesehen haben. Ein älterer Mann mit einem Kind, das fiel doch auf.

Und die andere Möglichkeit, die ihr im Augenblick wahrscheinlich erschien, war, dass der Mann mit Steffie rüber nach Langeoog gefahren war. Und wenn er dann mit dem Kind die Fähre verlassen hatte, warum hatte Henny Bartjen die beiden nicht gesehen? Sicher, es kamen eine Menge Leute von der Fähre. Aber eine Großmutter, die nach ihrer Enkelin Ausschau hielt, hatte in der Regel alles im Blick. Schließlich wusste sie ja durch Ulrikes Anruf, dass Steffie praktisch alleine rüberfuhr, wenn man von dem Mann, der sich um sie hatte kümmern wollen, einmal absah.

Der Kaffee war durch und die Maschine stöhnte auf. Eva schrak hoch und holte sich einen Becher voll.

Wenn sie alle bisherigen Fakten bündelte, dann konnte es gar nicht anders sein, als dass dieser Mann Steffie entführt hatte. Es bestand natürlich ein vager Verdacht, dass eine dritte Person damit in Zusammenhang stand. Auszuschließen war das keineswegs. Irgendjemand musste etwas gesehen haben, so oder so. Doch es war schier unmöglich, alle Gäste der besagten Fähre ausfindig zu machen.

»Nein«, murmelte Eva vor sich hin, »alle nicht. Aber wenigstens ein paar.«

Und von diesem Gedanken beflügelt trank sie ihren Kaffee und beschloss, gleich Himmel und Hölle in Bewegung zu setzen, um wenigstens diese paar ausfindig zu machen. Als erstes griff sie zum Hörer und wählte die Nummer von Klaus Kremer, dem Chef von Langeoognews. Irgendwo hatte sie ihn vor einiger Zeit kennen gelernt und als äußerst angenehmen Zeitgenossen empfunden. Er hatte ihr angeboten, sich zu melden, wenn sie Hilfe brauchte. Und die war in diesem Moment bitter nötig.

»Hallo, Eva Sturm hier«, sagte sie, als er abnahm.

»Oh, hallo Frau Sturm. Es ist sicher etwas passiert, wenn Sie sich melden.«

»Ja, das kann man wohl sagen. Ein kleines Mädchen wird vermisst ...«.

Sie erklärte ihm schnörkellos, worum es ging. Hin und wieder seufzte er am anderen Ende teilnahmsvoll in den Hörer.

»Natürlich mache ich den Aufruf«, sagte er schließlich. »Ich schreibe sofort einen Text und lasse Ihnen den zukommen.«

»Ja, das ist gut. In der Tat möchte ich gerne vorher nochmal drüberschauen.«

»Kein Problem, kommt sofort.«

Sie legten auf.

Eva starrte ratlos auf den Computerbildschirm, bis er endlich aufblinkte, weil eine neue Nachricht eingegangen war.

Klaus Kremer hatte einen kurzen präzisen Text verfasst, der so online gehen konnte. Sie bestätigte ihm kurz, dass alles in Ordnung war und nur wenige Minuten später wurden auf der Startseite von Langeoognews alle Gäste der Fähre, die um kurz vor zwölf im Hafen angelegt hatte, gebeten, sich bei der Inselpolizistin Eva Sturm wegen einer dringenden Suche nach einem Kind zu melden. Also, wenn das nicht zog, dachte Eva und sah zum Fenster.

Ulrike hatte ihr ein Foto von Steffie gegeben und das Bild des kleinen schmalen Mädchens nahm ihre Gedanken in Beschlag. Was machte das Kind gerade durch? Weinte es? Wurde es geschlagen oder gar missbraucht?

Eva hatte es gar nicht gemerkt, aber es waren Tränen in ihre Augen getreten und liefen jetzt ihre Wangen herunter. Kinder. Immer wieder Kinder. Warum immer die Schwächsten? Warum tat überhaupt jemand einem anderen etwas Böses an? Und warum nahm sie das immer mehr mit? Hatte sie früher selber noch mal zu einem spannenden Krimi gegriffen, so hatte sie in letzter Zeit immer weniger Verlangen nach Mord und Totschlag zur Unterhaltung. Wurde sie dünnhäutiger? War sie im Job emotional schlicht überfordert? Hing alles mit den Männern zusammen, zu denen sie im Grunde keine richtige Beziehung aufbauen konnte? Was war mit ihr los?

Ihr Handy, das auf dem Schreibtisch tanzte, weil sie auf lautlos gestellt hatte, riss sie aus ihren Gedanken.

Sie wischte sich die Tränen aus dem Gesicht und nahm ab.

»Ja?«, fragte sie mit kehliger Stimme.

»Eva?«

»Jürgen?«

»Ja. Du, ich wollte fragen, ob du vielleicht heute Abend mal wieder Lust auf eine Pizza hättest«, kam es munter vom anderen Ende.

Eva schluckte.

»Ne, heute nicht. Es gibt da einen neuen Fall, ich habe wohl keine Zeit ...«.

»Neuer Fall? Was ist denn passiert? Davon hab ich ja noch gar nichts gehört.«

»Dann solltest du dir mal die Seite von Langeoognews ansehen. Da steht alles auf der Startseite.«

Sie legte einfach auf, weil sie keine Kraft für lange Erklärungen hatte.

Kurz darauf klingelte ihr Handy wieder. Jürgen. Doch sie nahm nicht mehr ab, sondern wandte sich wieder dem PC zu, um einen Kollegen vom Festland zu bitten, ein

Phantombild von dem Mann anzufertigen, der als Letzter mit Steffie in Zusammenhang gebracht wurde. Und außerdem scannte sie noch das Bild von Steffie ein, um es den Kollegen in Wittmund zu schicken. Sie sollten parallel ruhig eine Suche auf dem Festland starten. Denn noch war Theorie eins, dass der Mann gar nicht auf die Fähre gegangen war, nicht aus der Welt.

Als alles erledigt war, starrte Eva wieder aus dem Fenster.

Henny und Ulrike

Fast, als würden sie sich gar nicht kennen, saßen Ulrike und ihre Mutter jetzt an dem weißen Küchentisch in dem Ferienhaus, das Henny gemietet hatte. Hier hatte es ein paar schöne Tage geben sollen mit Oma, Mama und Steffie. Doch daran war jetzt im Traum nicht mehr zu denken.

»Was hast du dir nur dabei gedacht, das Kind alleine auf die Fähre zu schicken?«, zischte Henny als Erstes zwischen den Zähnen hervor.

Ulrike schluckte ein paar Tränen herunter.

»Mama, so war das doch gar nicht. Ich wollte ja mit Steffie rüberfahren, aber ...«.

»Ja, du warst noch nie um Ausreden verlegen«, fuhr Henny barsch dazwischen. »Aber als Erstes kümmert sich eine Mutter um ihr Kind, und um sonst gar nichts anderes.«

Und warum hab ich mich dann immer so einsam gefühlt?, hätte Ulrike am liebsten geschrien. Ich habe nie eine Mutter gehabt. Wie soll ich denn da die perfekte Mutter sein? Doch sie wusste auch, dass solche Gedanken sie nicht weiterbrachten. Sie selber hatte versagt und sonst keiner. Und Henny hatte recht, sie hätte Steffie niemals aus den Augen gelassen. Doch an die Abende, wenn ihre

Mutter früher mit Freundinnen unterwegs war, während sie alleine im Bett lag und vor Angst fast gestorben wäre bei jedem Geräusch, an dieses Gefühl konnte Ulrike sich nur noch zu gut erinnern. Eine Gänsehaut kroch ihre Arme hoch.

»Es ging doch um Steffies Teddy«, sagte Ulrike jetzt mit festerer Stimme. »Hätte ich den vielleicht in Bensersiel lassen sollen? Du weißt doch, wie sehr Steffie an Abby hängt.«

Henny machte eine wegwischende Handbewegung und erhob sich vom Stuhl.

»Ich mach uns mal einen Kaffee«, sagte sie. »Und gnade dir Gott, wenn man Steffie nicht findet. Dann wirst auch du deines Lebens nicht mehr froh.«

Wie schön wäre es, wenn wir jetzt gemeinsam nach Steffie suchen könnten, dachte Ulrike. Wenn wir sie wiederhaben, dann werde ich kein Wort wieder mit Henny sprechen, schwor sie sich. Ich werde einfach mit Steffie wegziehen. Irgendwohin. Und Henny wird nicht erfahren, wo wir sind. Sie wusste im selben Augenblick, dass es eine kindische Reaktion war. Eine Flucht. Viel besser wäre es gewesen, wenn sie mit der Faust auf den Tisch geschlagen hätte, um ihrer Mutter die Meinung zu geigen. Ja, in Gedanken hatte sie das schon viele Tausend Male getan.

»Hier.«

Henny stellte einen Becher mit dampfenden Kaffee vor Ulrike.

»Danke.«

Dann schwiegen beide wieder und hingen ihren Gedanken nach.

»Ich kann auch ein Zimmer im Hotel nehmen«, sagte Ulrike nach einer gefühlten Ewigkeit. »Ich meine, wenn es dir lieber ist.«

Henny lachte bitter auf.

»Das könnte dir so passen. Dann bekomme ich gar nicht mit, wenn diese alberne Inselpolizistin etwas herausfindet. Das kommt gar nicht in Frage. Du bleibst hier.«

Abby

Mama ... Oma ... Abby?

Steffie sah alles um sich herum nur wie durch einen dichten Schleier aus vielen tausend Bindfäden. Es war ihr kalt und sie zog ihre dünnen Beine ganz fest an ihren Körper und legte die Arme darum.

Was war nur passiert? Wo war Mama? Sie wollte doch nur Abby holen, die sie auf der Toilette vergessen hatte. Wenn sie doch nur nicht immer so schusselig wäre, dann wäre alles gut. Ob Mama böse auf sie war? Bestimmt würde sie einen Riesenärger bekommen, wenn sie wieder zuhause war. Wahrscheinlich durfte sie dann nicht mehr mit ihrer besten Freundin Suse auf den Spielplatz.

Und Oma? War Mama jetzt bei Oma? Bestimmt machte Oma sich große Sorgen um sie.

Steffie stiegen Tränen in die Augen, als sie daran dachte, was für einen Kummer sie Oma bereitete, nur weil sie so schusselig war. Doch sie wusste auch, dass Oma ihr niemals wirklich böse sein konnte. Bestimmt würde sie ihr sofort einen Schokoladenpudding kochen, wenn sie wieder zuhause war.

Aber wo war sie jetzt?

Warum war es ihr so furchtbar kalt?

Warum erinnerte sie sich nicht daran, wo sie jetzt war?
Wie war sie hierher gekommen?
Ob es der Mann war, dem Mama ihren Koffer gegeben hatte?
Hatte er sie mitgenommen?
Er war doch so nett.
War ihm etwas passiert?
War ihnen beiden etwas passiert?
War der Mann hier irgendwo?

»Hallo!«, rief Steffie in das Dunkel hinein. Doch sie bekam keine Antwort.

In der Wohnung

Eva hatte jetzt alles, was sie für die weiteren Ermittlungen brauchte. Die Kollegen vom Festland hatten ihr ein Fahndungsfoto geschickt und die Suche nach Steffie auf dem Festland als auch auf der Insel lief an.

Sie fragte sich, was Ulrike jetzt wohl mit ihrer Mutter durchmachte. Eigentlich tat sie ihr sogar leid. Bestimmt war es nicht ihre Absicht gewesen, die Kleine alleine auf die Insel fahren zu lassen.

Oder doch?, fragte sich Eva, obwohl sie diesen Gedanken eigentlich nicht hatte zulassen wollen, nachdem sie gehen hatte, wie fertig Ulrike war. Doch auf der anderen Seite konnte man jedem alles zutrauen. Und so konnte es durchaus sein, dass Ulrike etwas mit dem Verschwinden ihrer Tochter zu tun hatte. Schon alleine, um ihrer durchaus bösartigen Mutter eins auszuwischen. Es gab solche schwierigen Verhältnisse zwischen Müttern und Töchtern. Davon konnte sie selbst ein Lied singen.

Sie streifte ihre Schuhe ab und ließ sie achtlos unter dem Küchentisch liegen. Dann ging sie an den Kühlschrank und holte sich eine Flasche O-Saft heraus. Hunger hatte sie heute eigentlich gar keinen, dachte sie, als sie die Reste vom Vortag sah. Sie machte den Kühlschrank wieder zu und setzte sich auf das kleine Sofa am Fenster, nachdem sie sich Saft in einen großen Kaffeebecher geschenkt hatte.

Was hatte es nur mit diesem Mann auf der Fähre auf sich? War er zufällig im Spiel oder gehörte er zu einem ausgeklügelten Plan von Ulrike? Und wie makaber war es, seine eigene Tochter dafür zu missbrauchen, sich an der eigenen Mutter zu rächen?

Sie starrte auf ihr Handy, das sie auf die Fensterbank gelegt hatte. Niemand hatte sich bisher auf ihren Aufruf über Langeoognews gemeldet. Doch das war kein Wunder. Wenn die Gäste erst mal hier waren, dann waren sie mit anderen Dingen beschäftigt. Erst, wenn sie nach weiteren Unternehmungsmöglichkeiten suchten, würden sie vielleicht wieder auf die Seite gehen.

Wer außer Ulrike könnte noch ein Interesse daran haben, dass Steffie aus dem Weg war?, fragte sich Eva. Die Großmutter Henny, die praktisch einen Nervenzusammenbruch erlitten hatte, als ihre Enkelin nicht auf der Fähre war, konnte man wohl irgendwie ausschließen. Wahrscheinlich würde sie sogar ihre eigene Tochter erschießen, wenn es nötig war, um Steffie zurückzubekommen.

Ulrike war geschieden, hatte sie erzählt. Doch der Vater kümmerte sich im Grunde gar nicht mehr um das Kind.

Warum also sollte er das Kind entführen? Vielleicht, weil er noch eine offene Rechnung mit Ulrike hatte? Das könnte sein. Sie würde sie gleich morgen deswegen befragen.

Ihr Handy klingelte und Eva sah, dass es Stiller war. Auf ihn hatte sie im Moment genauso wenig Lust wie auf Jürgen, der sicher beleidigt in seiner Wohnung saß, weil sie ihm für heute Abend abgesagt hatte.

Sie wollte nicht rangehen und griff doch wie von selbst zum Telefon.

»Hallo?«

»Hallo Eva«, kam es vom anderen Ende, »hier ist Hendrik, aber das weißt du ja.«

»Sicher.«

»Ich wollte nur mal hören, was du so machst.«

»Oh, ich habe eine Menge Arbeit. Ein Kind wird vermisst.«

»Ja, ich habe schon davon auf der Seite von Langeoognews gelesen und ich dachte mir schon, dass du damit beschäftigt bist.«

»Und trotzdem rufst du an?«, entfuhr es Eva eher ungewollt hart. Glaubte er denn, dass Frauen weniger besessen von ihrer Arbeit waren als Männer und über jede Ablenkung froh?

»Stimmt, du hast recht. Eigentlich hätte ich es besser wissen müssen. Ich wollte auch nur mal hören, wie es dir so geht. Mehr nicht.«

»Entschuldige«, sagte Eva, »ich wollte nicht so hart klingen.«

»Schon gut. Ich verstehe dich ja. Wenn bei mir im Hotel die Hölle los ist, habe ich den Kopf auch für nichts anderes frei.«

»Na, dann verstehst du mich ja ...«.

»Und ob. Also Eva, dann halt die Ohren steif. Wenn du mal mit jemandem reden möchtest, der nichts mit deinem Job zu tun hat, dann melde dich bitte.«

»Ja, mach ich. Schönen Abend für dich.«

Sie legten auf.

Eigentlich ist er doch ganz nett, dachte Eva und schmunzelte. Und jetzt, wo seine Stimme ihr Ohr gekitzelt hatte, da verspürte sie schon Lust, mal wieder mit ihm auszugehen. Seitdem er ihr diese eine Rose geschenkt hatte, seitdem hatte sie es immer verstanden, ihm auszuweichen, bis er schließlich immer seltener anrief und es bei zufälligen Treffen im Café an der Ecke bewenden ließ.

Du bist eine blöde Pute, schimpfte Eva mit sich selbst. Vielleicht ist er der letzte nette Mann in deinem Leben, der sich für dich altes Weib interessiert.

Ole Meemken, der Gerichtsmediziner, hatte auch nie wieder von sich hören lassen, nachdem er sie am Schluss des letzten Falles wie rein zufällig gefragt hatte, ob sie mal essen gehen würden. Nichts als heiße Luft. Doch Ole war sowieso nicht ihr Typ.

Da war Stiller schon wesentlich interessanter. Er war gebildet, konnte sich über Gott und die Welt unterhalten und ... tja, sie musste es leider zugeben, er sah auch noch gut aus dabei. Und vielleicht war das der Grund, warum sie sich in seiner Gegenwart unterlegen fühlte.

Sie fuhr sich mit der Hand durch ihre Locken. Anschließend senkte sie den Blick und sah auf ihren Bauch. Nein, verlockend sah das wahrlich nicht aus. Doch aus irgendeinem Grund war er an ihr interessiert. Und sie würde auch schon noch herausfinden, welcher das war.

Sie quälte sich vom Sofa hoch und setzte Wasser für einen Entschlackungstee auf. Auf der Packung stand, dass mit diesem Tee alles Mögliche aus dem Körper geschwemmt würde. Hoffentlich nicht auch Hirnmasse, dachte Eva gereizt, stellte das Wasser ab und holte sich eine Flasche Pinot Grigio aus dem Kühlschrank. Sie war bald fünfzig, da sollte sie doch wohl darauf pfeifen, ob sie ein Pfund mehr oder weniger auf die Waage brachte.

Mit dem Glas Wein setzte sie sich an den Küchentisch und sah auf das Bild von Steffie. Daneben lag die Phantomzeichnung des Mannes, der laut Ulrike als Letztes mit ihrer Tochter in Berührung gekommen war.

Eigentlich sah der Mann nicht gefährlich aus. Doch das konnte bekanntlich täuschen. Nach der Zeichnung schätzte sie ihn auf Ende fünfzig, Anfang sechzig. Und den nächsten Gedanken, welches Interesse ein Mann in dem Alter an einem kleinen Mädchen haben konnte, hätte Eva am liebsten ausgeblendet. Sie wusste genau, was dahinter stecken konnte. Schließlich hatte sie es am eigenen Leib erfahren.

Ein kalter Schauer fuhr über ihren Rücken, weil sie Steffie nicht helfen konnte. Wo sollte sie denn um Himmels willen suchen?

Von der Wasserschutzpolizei gab es bisher nichts. Vom Festland auch nicht. Auf die Suchmeldung reagierte niemand. Es schien, als sei das kleine Mädchen wie vom Erdboden verschwunden. Als hätte es niemals existiert.

Moment, dachte Eva. War das möglich? Nämlich, dass Ulrike gänzlich ohne Steffie nach Bensersiel gefahren war und das ganze Theater und die Angst um das Kind nur spielte? Es konnte niemand bestätigen, dass Steffie bei ihr gewesen war. Und die Sache mit dem Rucksack mit dem Teddy, die hätte sie mühelos erfinden können.

Oh mein Gott, dachte Eva und griff zu ihrem Handy, um die Kollegen, die an diesem Abend Dienst hatten, zu erreichen.

»Ja, Eva hier«, sagte sie, als einer abgenommen hatte. »Es geht nochmal um das vermisste Kind. Könnte mal einer von euch zu der Wohnung von Ulrike Renken fahren?«

Vom anderen Ende kam ein schnelles »Aber natürlich. Wir machen uns sofort auf den Weg.« Und Eva hätte schwören können, dass sich da jemand gerade ganz gewaltig in den Hintern biss, weil er versäumt hatte, selber auf die Idee zu kommen.

»Ruf mich bitte sofort an, wenn ihr dort gewesen seid«, sagte Eva. Und im Stillen betete sie, dass man Steffie nicht dort fand, denn dann war davon auszugehen, dass sie nicht mehr am Leben war.

Während Eva wartete und die Zeit sich wie zäher Brei dahinzog, suchte sie im Internet nach Ulrike Renken. Viel gab es da nicht. Sie hatte einen Facebook-Account, auf dem sie Bilder von sich und Steffie postete. Wie blöd konnte man als Mutter eigentlich sein, sein eigenes Kind der Öffentlichkeit zum Fraß vorzuwerfen?, ärgerte sich Eva. Sie würde Ulrike deshalb bei nächster Gelegenheit auf die Gefahren hinweisen.

Und sonst? Tja, und sonst schien Ulrike Renken irgendwie nicht wichtig genug zu sein, um es weiter als auf zwei Seiten bei Google zu bringen.

Immer wieder sah Eva auf die Uhr. Jetzt war schon fast eine Stunde vergangen und die Kollegen hatten sich immer noch nicht gemeldet. War das nun ein gutes oder schlechtes Zeichen. Vor lauter Nervosität schenkte sie noch mal Wein nach und verschüttete dabei die Hälfte.

»Verdammter Mist«.

Sie griff nach dem nächstbesten Lappen und wischte alles weg.

Dann klingelte endlich ihr Handy.

»Ist sie da?«, frage sie nur.

»Nein, Fehlanzeige.«

»Gott sei Dank.«

»Ja.«

»Und sonst? Ich meine, wie ist die Wohnung so?«

»Ziemlich wüst.«

»Wüst?«

»Jo. Scheint nicht die Ordentlichste zu sein.«

»Das ist nicht weiter schlimm. Mich interessiert nur, ob Steffie dort ist.«

»Na dann.«

»Ja, vielen Dank auch für euren schnellen Einsatz. Gute Nacht.«

»Jo.«

Sie legten auf.

Eva wandte sich jetzt wieder dem Internet zu und nahm die Freunde von Ulrike auf Facebook unter die Lupe. Überwiegend junge Frauen in ihrem Alter. Und natürlich auch ein paar Männer. Sie würde morgen mit ihr darüber sprechen müssen. Denn so, wie sie mit den Bildern ihrer Tochter umging, da war es durchaus möglich, dass irgendein Pädophiler die Gelegenheit genutzt hatte, als Ulrikes Tochter für einen Moment unbeaufsichtigt war. Oder? Nun ja, er hätte auch wissen müssen, dass sie gerade an dem Tag nach Langeoog fährt. Und er hätte wissen müssen, dass sie die Fähre aller Wahrscheinlichkeit nach verpassen würde. Waren das nicht ein wenig zu viel der guten Zufälle?

Und ein Mann, der dem auf dem Phantombild ähnlich sah, war definitiv nicht unter den sogenannten Freunden von Ulrike. Doch Freunde hatten Freunde, deren Freunde auch wieder alles mitbekamen, was man so trieb. Das Internet war ein Fass ohne Boden.

Und auch wenn sie nicht davon ausging, dass Ulrikes Mutter hier in der Netzwelt vertreten war, so gab sich doch den Namen Henny Bartjen ein und im nächsten Moment traf sie fast der Schlag.

Darüber würde man reden müssen, dachte Eva, als sie sich durch die vielen Profilbilder von Henny Bartjen klickte.

Die nette Frau

Eva hatte schlecht geschlafen, nachdem sie zunächst auf dem Sofa eingenickt und dann irgendwann mitten in der Nacht ins Bett getapert war.

Sie wusste sofort, dass das ein anstrengender Tag werden würde, denn in ihrem Hinterkopf in der Nackengegend kündigten sich Kopfschmerzen an.

Nach einem schwarzen Kaffee und einem halben Brötchen mit Käse vom Vortag machte sie sich auf den Weg in die Polizeistation.

Dort gab es eine Nachricht im Mailpostfach von einer Frau, deren Name ihr nichts sagte.

Mein Name ist Charlotte Breinershagen und ich war auf der Fähre. Wenn Sie mich treffen möchten, können Sie mich unter meiner Mobilnummer erreichen.

Auch die Nummer stand in der Mail und Eva drückte sofort die entsprechenden Tasten auf dem Telefon.

»Hallo?«, kam es vom anderen Ende.

»Eva Sturm hier, Inselpolizei. Ich habe gerade Ihre Mail geöffnet. Wo können wir uns treffen?«

»Ach, das ging ja schnell. Es sind wohl nicht viele Nachrichten eingegangen nach Ihrem Aufruf.«

»Nein, bedauerlicherweise nicht. Ehrlich gesagt sind Sie die Erste, die sich überhaupt gemeldet hat.«

»Na, wenn das so ist. Dann treffen wir uns doch gleich beim Café beim Rathaus gegenüber.«

»Gerne. Bis gleich.«

Sie legten auf.

Kurz darauf erhielt Eva eine SMS mit einem Foto. Die ältere Dame, die ihr zulächelte, schien wirklich auf Zack zu sein. Das ließ auf eine wichtige Zeugin hoffen.

Eva schnappte sich ihre grüne Jacke und machte sich auf den Weg.

»Hallo Eva«, rief plötzlich jemand hinter ihr, als sie das Rathaus schon fast erreicht hatte. Sie drehte sich um. Stiller. Auch das noch.

»Hallo Hendrik«, sagte sie flüchtig, »das ist ja ein Zufall.«

»Find ich auch. Und? Bist du schon weitergekommen in deinem Fall?«

Sie blieben mitten auf der Straße stehen und sahen aneinander vorbei, während sie sprachen.

»Na ja, ich werde gleich eine Zeugin treffen, die auf der Fähre war, mit der Steffie gekommen sein muss.«

»Oh, das klingt doch gut.«

»Tja ... ich muss deshalb auch jetzt weiter.«

»Verstehe. Mach's gut, Eva. Und mein Angebot steht, wenn du mal reden willst.«

Er winkte und drehte in die Hauptstraße ab.

Verdammt, dachte Eva. Dann ging sie weiter zum Café, wo sie Charlotte Breinershagen bereits an einem Tisch sitzen sah.

Sie ist wesentlich älter als auf dem Bild, dachte Eva verwirrt.

»Bitte, setzen Sie sich«, lud die Zeugin ein. »Ich habe für Sie auch einen Kaffee bestellt. Oder möchten Sie lieber einen Tee?«

»Nein, Kaffee ist schon in Ordnung«, sagte Eva und setzte sich zu ihr. »Sie waren also auf der gleichen Fähre wie das vermisste Kind?«, nahm sie gleich den Faden auf.

Die Frau nickte. »Ja, auch wenn es mir zu dem Zeitpunkt noch nicht bewusst gewesen ist. Das arme Kind. Was ihm wohl passiert sein mag?«

»Sie haben Steffie also auf der Fähre gesehen?«, fragte Eva.

»Gesehen? Nun, das würde ich nicht so sagen«, erwiderte die Frau. »Aber es ist doch schrecklich, wenn man auf der gleichen Fähre unterwegs ist, auf der ein Verbrechen geschieht.«

So ein Reinfall, dachte Eva deprimiert. Verschenkte Zeit mit einer alten Schachtel, die sich nur wichtig machen will.

»Ja, wirklich grauenvoll«, knurrte Eva. »Aber ich dachte, weil Sie sich gemeldet haben, hätten Sie auch etwas gesehen. Ich verstehe jetzt ehrlich gesagt nicht ganz, warum wir eigentlich hier sitzen.«

»Na ja, ich habe doch die verzweifelte Mutter am Fähranleger in Bensersiel gesehen.«

»Die Mutter von Steffie?«

»Ja, die muss es wohl gewesen sein. Sie hat wild gerufen, dass sie noch mit auf die Fähre muss, weil doch ihre Tochter schon raufgegangen ist. Doch da war nichts mehr zu machen, die Fähre war ja schon losgefahren.«

Na ja, immerhin konnte sie die Aussage von Ulrike bestätigen, dachte Eva. Und doch war es komisch, dass sie von Steffie nichts gesehen hatte.

»Und Sie sind ganz sicher, dass Sie die Tochter von Frau Renken nicht gesehen haben? Sie war in der Obhut eines älteren Mannes. Das Bild haben Sie ja auch auf der Seite von Langeoognews gesehen.«

»Nein, da bin ich ganz sicher. Weder das Kind noch den Mann habe ich gesehen.«

Komisch, dachte Eva. Und das bei so vielen Gästen, die an Bord gegangen waren. Entweder hatte diese Frau ein fotografisches Gedächtnis oder sie schwindelte sie an, um sich wichtig zu machen.

»Aber es waren doch bestimmt eine ganze Menge Kinder auf der Fähre«, bohrte Eva weiter nach. »Und Sie kannten Steffie ja nicht. Könnte es nicht doch sein, dass Sie sie gesehen haben. Oder den Mann. Denken Sie bitte ganz genau nach.«

Charlotte Breinershagen legte die Stirn in Falten und rührte in ihrer Kaffeetasse herum.

»Nein«, sagte sie dann nach einer gefühlten Ewigkeit. »Ich habe das Kind und den Mann nicht gesehen.«

»Okay, aber wenn Ihnen doch noch etwas einfallen sollte, dann melden Sie sich bitte wieder. Es ist enorm wichtig, das wissen Sie ja.«

Die Frau nickte und Eva verabschiedete sich.

Sie schlug den Weg in Richtung Polizeistation ein und machte dann doch noch einen Abstecher bei Jürgen in der Touristinfo.

»Moin Eva«, rief er gutgelaunt, als er sah, dass sie es war, die an die Scheibe seines Schalters klopfte, weil er mal wieder in ein Kreuzworträtsel vertieft war.

»Ist das ein neues Hobby von dir?«, fragte sie und zeigte auf das Heftchen in seiner Hand.

»Man muss sich ja irgendwie beschäftigen, wenn keiner kommt«, lachte Jürgen. »Aber was machst du denn hier? Wie läuft der Fall mit dem vermissten Kind?«

»Ach, im Moment gibt es da noch nicht viel. Und übrigens, dass ich gestern einfach aufgelegt habe, das tut mir leid.«

»Schon okay, du warst im Stress. Versteh` ich doch.«

»In Ordnung war mein Verhalten aber nicht.«

»Auf gar keinen Fall.«

Sie mussten beide lachen. Es wirkte befreiend.

»Wie geht es Gunda?«

»Tja ... das ist auch so eine Sache. Da lass uns lieber ein andermal drüber sprechen.«

Ui, Fettnäpfchen, dachte Eva. Deshalb vielleicht auch das Kreuzworträtsel. Ob sie sich getrennt hatten?

»Na ja, ich wollte nur mal Hallo sagen.«

»Das finde ich nett.«

»Und wenn du irgendwas hörst, dann ...«.

»Komme ich sofort damit zu dir, ist doch klar, Eva.«

»Na, dann tschüss, ich muss jetzt auch weiter.«

»Mach's gut, Eva.«

Als Eva die Tür hinter sich zuzog, sah sie, dass er sich schon wieder über sein Kreuzworträtsel gebeugt hatte und irgendetwas hineinschrieb. Ein schales Gefühl kroch in ihr hoch. Eigentlich war er derjenige gewesen, der ihr das

Leben hier auf Langeoog ein wenig erträglicher gemacht hatte. Wenn der Fall gelöst ist, dann werde ich mich wieder mehr um ihn kümmern, nahm sie sich vor. Wenigstens ab und zu mal mit ihm Pizza essen gehen.

Ganz in Gedanken verloren stand sie dann plötzlich vor dem Ferienhaus von Henny Bartjen. Eigentlich hatte sie keine Lust auf dieses ungleiche Paar. Nur die Fotos, die sie von der Mutter im Internet gesehen hatte, machten es nötig, dass sie jetzt auf den Klingelknopf drückte.

Ulrike machte auf. Sie sah aus, als hätte sie die ganze Nacht durchgeheult.

»Frau Renken«, sagte Eva, »wie geht es Ihnen?«

Ulrike zog die Schultern hoch und ließ sie wieder sinken.

»Es gibt leider nichts Neues«, sagte Eva, bevor sie sich noch weiter mit dunklen Gedanken quälte, warum die Polizistin hier war. »Nichtsdestotrotz müsste ich noch einmal mit Ihrer Mutter sprechen.«

Ulrike nickte. »Sicher, kommen Sie herein. Wir trinken gerade Kaffee.«

Eva folgte ihr in die helle in Blau- und Grautönen eingerichtete Wohnung in die Küche.

»Ach Sie«, sagte Henny Bartjen zur Begrüßung und machte keine Anstalten, Eva einen Kaffee anzubieten.

»Frau Bartjen, ich müsste Sie wegen Ihrer Fotos im Internet sprechen. Wenn Sie möchten, können wir das auch unter vier Augen ohne Ihre Tochter klären«, sagte Eva barsch. Sie mochte die Frau einfach nicht.

Henny Bartjen lief dunkelrot an.

»Ulrike, kannst du mal nach der Wäsche gucken«, sagte sie in Richtung ihrer Tochter, die augenblicklich die Flucht ergriff.

Als sie alleine im Raum waren, lehnte Eva sich an den Kühlschrank und Henny Bartjen faltete die Hände auf dem Tisch und sah sie herausfordernd an.

»Die Fotos gehen Sie im Grunde gar nichts an«, sagte sie dann, »das ist Privatsache.«

»Da gebe ich Ihnen recht«, bestätigte Eva kalt, »es wäre Ihre Privatsache, wenn wir nicht nach Ihrer verschwundenen Enkelin suchen würden.«

»Was hat das Ganze denn mit Steffie zu tun?«

»Das wird sich herausstellen. Aber so, wie es aussieht, haben Sie Umgang mit einer Menge Männer, die teilweise zum Typ des gesuchten Mannes passen, mit dem Steffie zuletzt in Kontakt war.«

»Sie meinen doch wohl nicht, dass einer meiner Bekannten etwas mit Steffies Verschwinden zu tun haben könnte?«

»Ich meine erst einmal überhaupt nichts«, sagte Eva hart. »Es geht darum, dass Sie Dinge verschweigen, die uns bei der Suche vielleicht helfen können. Es wäre gut gewesen, wenn Sie gestern bereits gesagt hätten, dass Sie Kontakt zu vielen Männern haben.«

»Ich finde, Sie gehen zu weit.« Henny Bartjen erhob sich vom Stuhl und lehnte sich mit den Händen auf den Tisch. »Mein Privatleben hat nichts mit Steffies Verschwinden zu tun.«

»Das mögen Sie so sehen, doch ich nicht. Deshalb hätte ich gerne in der nächsten Stunde sämtliche Namen der Männer, mit denen Sie auf Facebook posieren. Sie können mir die Liste in der Dienststelle vorbeibringen, ich werde gleich dorthin gehen.«

»Das ist ja eine bodenlose Frechheit!«, rief Henny Bartjen aus und ihr Busen bebte.

Weil sie laut geworden war, steckte jetzt Ulrike den Kopf wieder zur Tür herein.

»Was ist denn hier los, Mama?«, fragte sie ängstlich.

»Ach, nichts Wichtiges«, wehrte Henny Bartjen ab. »Frau Sturm wollte auch gerade gehen. Den Weg kennen Sie ja«, sagte sie in Richtung Eva.

»In spätestens einer Stunde«, zischte Eva, als sie an ihr vorbei zur Tür ging.

»Was war das denn eben?«, fragte Ulrike, als sie mit Eva im Hauseingang stand.

»Da fragen Sie Ihre Mutter lieber selbst«, antwortete Eva. »Und sobald ich etwas von Steffie höre, melde ich mich.«

»Danke«, sagte Ulrike schüchtern und ging wieder ins Haus.

Als sie in die Küche zurückkam, fand sie ihre Mutter vor dem PC vor, der zur Einrichtung des Ferienhauses gehörte.

»Was machst du da, Mama?«, fragte Ulrike.

»Das geht dich nichts an«, antwortete Henny knapp. »Geh in dein Zimmer.«

Und das war der Moment, wo bei Ulrike alle Sicherungen durchbrannten.

»Du verdammtes Miststück!«, schrie Ulrike und wusste selber nicht, woher sie plötzlich die Kraft genommen hatte, sich mit ihrer Mutter derart anzulegen. »Du bist doch an allem schuld. Wenn wir nicht auf diese bescheuerte Insel hätten kommen sollen, dann wäre Steffie nichts passiert.«

Wie erstarrt stand Henny da, als sie den Stuhl nach hinten schob.

»Wie redest du überhaupt mit mir, du Versagerin? Wenn du dich vernünftig um dein Kind und deinen Mann gekümmert hättest, dann müsstest du nicht so ein jämmerliches Leben führen. Ralf ist doch nur abgehauen, weil er es mit dir nicht mehr ausgehalten hat. Du bist eine erbärmliche Köchin, spindeldürr und ungepflegt. Welcher Mann würde denn da nicht Reißaus nehmen?«

Sie lachte hämisch, weil sie sah, wie Ulrike in sich zusammensackte.

Und im nächsten Moment griff diese zum Messer und ging damit auf ihre Mutter los.

»Dreckstück! Ich werde dich umbringen ... das hätte ich schon vor langer Zeit tun sollen! Du bist das Allerletzte! Ich hasse dich.«

Wild fuchtelte Ulrike mit dem Messer herum und Henny wich dem Angriff, so gut es ging, aus. Es stimmte, Ulrike war ein Fliegengewicht, und obwohl sie so viel jünger war als ihre Mutter, war diese ihr kräftemäßig haushoch überlegen. Mit windigen Griffen entriss sie der Tochter das Messer und warf es im hohen Bogen in die Spüle.

Alles hätte Ulrike jetzt ertragen. Wenn sie ihr eine Ohrfeige verpasst, sie an den Haaren gepackt und aus dem Haus geworfen oder an den Schultern gezerrt und vor Wut geschüttelt hätte. Doch das alles tat Henny nicht. Sie machte es wie immer und lachte Ulrike schallend aus.

Die Puppe mit dem rosa Kleid

»Wo ist Mama?«, war das Erste, was Steffie fragte, als der Mann in das Zimmer kam, in dem es schon langsam wärmer geworden war.

Sie hatte sich in dem Bett, in dem sie geschlafen hatte, ganz an die Wand gekauert und sah ängstlich zu ihm auf.

»Mach dir keine Sorgen, Steffie«, sagte der Mann, den sie noch nie vorher gesehen hatte. »Deiner Mama geht es gut.«

»Und wann kann ich wieder nach Hause?«

»Aber du bist doch zuhause kleines Dummerchen«, antwortete er und lächelte.

Steffie schüttelte heftig den Kopf. Dann stieg der Duft nach frischen Brötchen, Milch und Cornflakes in ihre Nase. Sie hatte Hunger.

»Aber das stimmt nicht«, sagte sie bestimmt. »Das hier ist nicht mein Zimmer.«

»Doch, ab heute schon, meine Kleine. Und du wirst sehen, bald hast du dein altes Zimmer vergessen, weil es hier viel schöner ist.«

»Und Abby?«, fragte Steffie angstvoll. »Wo ist Abby?«

»Abby?«

»Na, mein alter Teddy.«

»Ach so. Den brauchst du jetzt nicht mehr, ich habe etwas viel Schöneres für dich.«

Der Mann stellte das Tablet, das er in der Hand gehalten hatte, auf dem Bett ab. Dann ging er wieder aus dem Zimmer, um kurz darauf mit einer Puppe im rosa Kleid im Arm wieder zu erscheinen.

»Hier, das ist Silly«, sagte er und hielt Steffie die Puppe hin.

Das Mädchen schien froh über eine Abwechslung zu dem kargen Zimmer. Und das erste Mal lächelte Steffie jetzt.

»Silly?«, fragte sie und streckte einen Arm nach der Puppe aus. »Das ist aber ein komischer Name für eine so schöne Puppe.«

»Ach ja? Dann kannst du dir gerne auch einen anderen Namen für sie ausdenken«, sagte der Mann. »Denn Silly gehört jetzt dir und soll deine beste Freundin sein.«

»Und wann kann ich die Puppe Mama zeigen?«, fragte Steffie, als sie die Puppe fest in ihre Arme geschlossen hatte.

»Das werden wir sehen. Und jetzt solltet ihr beiden erst einmal frühstücken. Bestimmt hat Silly genauso einen großen Hunger wie du. Hab ich recht?«

Steffie nickte eifrig.

»Dann komm und setz dich hier an den Rand des Bettes. Dann kleckert ihr beide nicht.«

Steffie traute sich jetzt aus ihrer Deckung heraus und hielt die Puppe auf ihrem Schoß, während sie die erste Hälfte eines mit roter Marmelade beschmierten Brötchens aß. Immer wieder hielt sie der Puppe das Brötchen hin und sprach mit ihr. Vielleicht die einzige Möglichkeit, um die für sie völlig fremde und beängstigende Situation zu relativieren.

Der Mann, der sich auf einen alten braunen Stuhl gegenüber dem Bett gesetzt hatte, sah dem Kind dabei aufmerksam zu. Er registrierte, dass das Vertrauen von Steffie wuchs. Es würde nicht mehr lange dauern, und sie hätte ihre Mutter für immer aus ihrem Gedächtnis gestrichen.

Henny und das Lotterleben

Eva saß in ihrer Dienststelle auf Kohlen. Immer wieder sah sie zur Uhr. Henny Bartjen blieben noch zwanzig Minuten, bevor sie hier ausflippte.

Zehn Minuten später klopfte es dann endlich an die Tür. Henny Bartjen, aufgetakelt, als ginge es zum Opernball, rauschte in die Dienststelle.

»Ich mache das nur wegen meiner Enkeltochter«, blaffte sie und knallte einen weißen Block auf Evas Schreibtisch.

»Nichts anderes habe ich erwartet«, entgegnete Eva. »Setzen Sie sich bitte.« Sie deutete auf den Stuhl vor ihrem Schreibtisch.

Schnaubend kam Henny dieser Bitte nach.

Auf dem Zettel standen die Namen und Adressen von mindestens zehn Männern. Sogar das Alter hatte Henny dahintergeschrieben. Der Jüngste war siebenundvierzig.

»Und Sie waren mit jedem dieser Männer liiert?«, fragte Eva.

»Es geht Sie zwar nichts an, aber ja, das war ich«, sagte Henny nicht ohne Stolz in der Stimme. »Nur, weil ich eine alte Frau bin, heißt das ja nicht, dass ich ein Leben wie eine Nonne führen muss.«

»Ich werde die Männer überprüfen müssen«, sagte Eva. »Und was Sie in ihrem Privatleben treiben, interessiert mich wirklich nur am Rande. Hat einer dieser Männer Kontakt zu Ihrer Enkeltochter gehabt?«

»Wie bitte!«

»Sie haben mich schon sehr gut verstanden«, sagte Eva.

»Nein, meine Enkeltochter hat mit meinem Sexleben nichts zu tun. Ich verbitte mir diese Anspielungen.«

»War es schon immer so, ich meine, hatten Sie schon immer so viele Männerbekanntschaften?«

»Worauf wollen Sie hinaus?«

»Nun, ich denke da an Ihre Tochter«, erklärte Eva, »es macht mir nicht den Eindruck, dass das Verhältnis zwischen Ihnen beiden das Allerbeste ist.«

»Kommt das nicht überall vor?«, konterte Henny, »oder wie sieht es mit dem Verhältnis von Ihnen zu Ihrer Mutter aus?«

Eva überlegte kurz, sie in die Schranken zu weisen. Aber auf der anderen Seite konnte sie so das Vertrauen dieser Person gewinnen, wenn sie sich entsprechend öffnete.

»Meine Mutter hat mich als kleines Mädchen weggegeben«, antwortete sie dann auch ehrlich.

»Ha, das wundert mich nicht ...«, lachte Henny. Doch im nächsten Moment wurde sie still. »Das war bestimmt kein schönes Gefühl, nehme ich an.«

»Nein, ganz bestimmt nicht. Ich habe vieles verdrängt und erst jetzt habe ich nach ihr gesucht und sie auch gefunden. Wir tasten uns jetzt langsam aneinander heran.«

»Das freut mich für Sie, ehrlich«, sagte Henny und es klang aufrichtig. »Sie haben recht, Ulrike und ich, wir haben uns noch nie verstanden. Vielleicht ist es meine Schuld, aber es liegt nicht an den Männern. Damals hatte ich nur ihren Vater, und verdammt, ja, ich bereue die Zeit, die ich mit diesem Blödmann verschwendet habe. Vielleicht hole ich jetzt alles nach, wer weiß.«

»Das geht mich, wie gesagt, wirklich nichts an«, wiederholte Eva. »Ich möchte gerne überprüfen, ob einer dieser Männer etwas mit dem Verschwinden von Steffie zu tun haben könnte.«

»Ah ... Sie denken, da hat sich so ein Typ an eine alte Schachtel wie mich herangemacht, damit er an ein Kind rankommt, verstehe. Aber da können Sie unbesorgt sein, ich habe nie von Steffie erzählt oder auch nur ein Foto von ihr ins Internet gestellt. Steffie ist mein Ein und Alles, ich würde alles dafür tun, wenn sie jetzt wieder hier wäre ...«.

Sie zog ein Taschentuch aus ihrer Handtasche und schniefte hinein.

»Verstehe«, sagte Eva, »und was glauben Sie, warum Sie sich nicht mit Ulrike verstehen?«

»Ach, ich weiß es nicht. Sie war schon immer widerspenstig. Es gibt sowas, manchmal kann man es nicht erklären. Und wer sagt denn, dass ich sie mögen muss, nur weil sie meine Tochter ist.«

Das klang hart, fand Eva. Und wieder musste sie an Katharina denken, die sie einfach im Stich gelassen hatte. Nein, niemand konnte eine Mutter zwingen, ihr Kind zu lieben. Doch verdammt nochmal, es war auch nicht nötig, einem Kind das Leben zur Hölle zu machen.

»Hören Sie, wir sollten bei der Suche nach Steffie alle an einem Strang ziehen«, schlug Eva vor. »Sobald ich die Männerliste überprüft habe, melde ich mich wieder bei Ihnen.«

»Na gut«, sagte Henny und erhob sich vom Stuhl und ging Richtung Tür. »Und übrigens, Sie sollten sich auch mal wieder einen Mann zulegen, ich seh doch, dass Ihnen da was fehlt.«

Sie zwinkerte Eva zu und schloss die Tür hinter sich.

Für einen Moment lag Eva etwas Bissiges auf der Zunge. Doch dann musste sie Henny in gewisser Weise recht geben. Ihr fehlte etwas. Und vielleicht sogar ein Mann. Sie schob den Gedanken beiseite und widmete sich der Liste. Es gab einiges zu tun.

Als sie später zu jedem Namen auch ein Gesicht hatte, musste sie zugeben, dass Henny einen ausgesprochen guten Riecher für hübsche Männer hatte. Und irgendetwas mussten diese auch an ihr gefunden haben. War es ihr resolutes Auftreten? Und hässlich war sie auch eigentlich nicht. Immer noch schlank und gepflegt. Automatisch zog Eva den Bauch ein. Wenn sie sich jemals dazu entschließen sollte, im Internet nach einem Mann zu suchen, dann würde sie vorher mindestens zehn Kilo abnehmen müssen. Auf Fotos sah man ja noch zusätzlich fett aus.

Die Datenbank der Polizei spuckte keinen der Kandidaten als registriert aus. Die Angaben zum Wohnsitz stimmten auch. Als Eva dann nach und nach alle Facebook-Auftritte der Männer durchforstete, gab es keinen darunter, der durch Kinderfotos auffällig erschien. Vielleicht hatten sie alle nur ihren Spaß, wer wollte ihnen das verdenken.

Und im Gegensatz zur umtriebigen Mutter wirkte Ulrike fast zu ernst im Leben. Über den Vater von Steffie gab es keine Auffälligkeiten. Sie hatten vielleicht einfach nicht zueinander gepasst. Sie waren eben beide Frauen, Mutter wie Tochter, die mit den Männern nur das kurze Glück fanden. Doch Ulrike hatte offensichtlich noch keinen neuen Partner gefunden. Vielleicht schreckte sie auch das Lotterleben ihrer Mutter ab. Wie wäre es, fragte sich Eva, wenn sie solche Fotos von Katharina im Netz finden würde? Bei der Frage musste sie schmunzeln. Das konnte sie sich beim besten Willen nicht vorstellen. Katharina wirkte so zufrieden in ihrem kleinen bunten Holzhäuschen in Schweden. Sie brauchte zum Glücklichsein keinen Mann, oder gar Männer.

Keiner der Männer auf der Liste von Henny zeigte Ähnlichkeit mit dem Fahndungsfoto. Auch da Fehlanzeige. Aber Männer konnten Freunde haben und deren Freunde wieder Freunde und so weiter. Doch es stimmte, was Henny gesagt hatte, sie hatte nicht ein einziges Foto von ihrer Enkelin gepostet. Wenigstens das konnte man ihr hoch anrechnen. Aber auf der anderen Seite gab es keine Großmutter, die nicht voller Stolz von ihrem Enkelkind erzählte.

Als Eva ihren Mailaccount checkte, hatten sich weitere acht Zeugen gemeldet, die auch auf der Fähre gewesen waren. So langsam kam endlich Bewegung in die Sache. Eva lud alle für den Nachmittag in die Dienststelle ein. Die Zeit bis dahin wollte sie nutzen, um noch einmal ihre Wohnung zu gehen und etwas zu essen.

Ulrike

Ulrike war nach der heftigen Auseinandersetzung mit ihrer Mutter aus dem Haus gelaufen und ging jetzt am Strand entlang.

Die Tränen, die sie am Anfang noch vergossen hatte, wurden vom herben Nordseewind, der ihr Gesicht streifte, getrocknet.

Was hatte sie nur falsch gemacht im Leben, dass sie erst mit einer so miesen Mutter gestraft wurde und dann auch noch ihr Kind verschwand?

»Steffie ... wo bist du nur?«, murmelte Ulrike vor sich hin und sah dabei aufs Meer. Alleine die Vorstellung, dass ihr kleines Mädchen von den Wellen verschluckt worden sein könnte, riss ihr das Herz aus dem Leib.

Niemals, nein wirklich niemals im Leben würde es soweit kommen, dass sie und Steffie sich dermaßen hassten, wie sie und ihre Mutter. Und es gab nur einen Weg, das zu vermeiden. Sie musste endlich mit ihrer Tochter aus dem Dunstkreis dieser Frau verschwinden. Sie war erwachsen, was also hatte sie bisher davon abgehalten, ihr eigenes Leben zu führen?, fragte sich Ulrike jetzt. Und schon im nächsten Moment war ihr die Antwort sonnenklar. Sie hatte sich von ihrer Mutter abhängig gemacht. Sie brauchte sie, um Steffie zu beaufsichtigen, wenn sie zur Arbeit ging, als das Mädchen noch nicht in den Kindergarten ging. Und Henny hatte die Gelegenheit genutzt, Steffie mit allem Erdenklichen zu verwöhnen. Natürlich war es dann irgendwann so weit gewesen, dass das Kind lieber zu seiner Großmutter ging, als mit ihr die Freizeit zu verbringen. Wie würde Steffie es aufnehmen, wenn sie von Esens mit ihr wegzog? Ein Kind verstand nicht die Notwendigkeit der Distanz, die sie von ihrer Mutter brauchte. Würde Steffie sie dann eines Tages genau dafür hassen, dass sie ihr den Kontakt mit ihrer geliebten Großmutter verwehrt hatte?

Und noch ein Gedanke schlich sich unbemerkt in ihren Kopf. Sie konnte sich nicht gegen dieses Böse in ihr wehren. Wäre Steffie nicht, dann hätte sie schon lange nichts mehr ihrer Mutter zu tun gehabt.

Ein Schmerz fuhr durch ihren Körper. Sie hatte sich unbewusst so hart mit ihrer Nägeln in den Arm gekniffen, dass jetzt Blut austrat. Ein befreiendes Gefühl. Ulrike ließ sich in den von der Sonne gewärmten Sand fallen und krallte ihre Finger hinein. Und der nächste Gedanke, der jetzt anklopfte, den konnte sie noch früh genug stoppen. Sie sah wie paralysiert aufs Meer.

Ich sehe nichts … ich höre nichts …

Es war ganz schön voll in Evas kleiner Dienststelle, doch sie fand es am Effektivsten, wenn alle zusammen erzählten, was sie gesehen hatten. Einige saßen auf den wenigen Stühlen und dem Sofa vor dem Fenster. Wieder andere hatte sich einfach irgendwo angelehnt und alle sahen gespannt zu dem Schreibtisch, hinter dem Eva sich verschanzt hatte.

»Ich danke Ihnen allen, dass Sie meinem Aufruf gefolgt sind, sich zu melden«, begann Eva. »Sie alle wissen, wie wichtig jedes Detail ist, wenn wir die kleine Steffie finden wollen.«

Ein mitfühlendes Raunen ging durch den Raum.

»Deshalb frage ich jetzt einfach in die Runde, wer Steffie oder den Mann, nach dem wir suchen, auf der besagten Fähre oder auch vor der Abfahrt in Bensersiel gesehen hat.«

Eva lehnte sich jetzt auf ihrem Bürostuhl zurück und fingerte an einem Kugelschreiber herum.

Wer würde als Erstes den Mund aufmachen?

Es dauerte eine ganze Weile, nachdem einige sich betreten angesehen oder aus dem Fenster geguckt hatten.

»Also, begann eine Frau in den Vierzigern, ich war ja auch auf der Fähre, aber gesehen habe ich das Kind nicht. Und auch den Mann nicht …«.

Das Eis war gebrochen und plötzlich brabbelten alle wild durcheinander.

»Hallo!«, fuhr Eva dazwischen, »wir sollten einer nach dem anderen sprechen, sonst hilft das nicht weiter.«

Stille.

»Ja, wie gesagt«, setzte die Frau von eben wieder an. »Ich habe das Mädchen nicht gesehen, leider. Und auch der Mann von dem Foto, nein, der sagt mir nichts.«

Zustimmendes Kopfnicken von links und von rechts. Doch keiner wagte, den Mund aufzumachen.

Eva stemmte die Hände auf den Schreibtisch und stellte sich hin.

»Sie wollen doch wohl nicht etwa alle sagen, dass sie Steffie nicht gesehen haben, oder?«, fragte sie ungläubig und dabei jedes Wort betonend.

»Ich hab sie nicht gesehen«, kam es von einem Mann, worauf gleich ein weiterer zustimmte mit: »Ich auch nicht.«

»Aber das gibt es doch gar nicht«, polterte Eva. »Irgendjemand von Ihnen muss sie einfach gesehen haben. Das ist schon alleine von der Logik her gar nicht anders möglich. Ich versichere Ihnen, wenn Sie sich melden, dann wird das keine bösen Folgen für Sie haben. Also, noch einmal, wer von Ihnen hat Steffie oder den Mann oder auch beide zusammen auf der Fähre oder am Anleger in Bensersiel gesehen?«

Betretenes Schweigen. Alle schwiegen wie eine geschlossene Mauer.

»Dann frage ich mich allerdings, warum Sie sich alle gemeldet haben?«, blaffte Eva.

»Na, weil wir dazu aufgefordert wurden«, erwiderte die Frau vom Anfang schnippisch. »Man weiß ja nie, wenn man sich nicht meldet und jemand erfährt dann, dass man auf der Fähre war, ob man dann nicht noch belangt werden kann als unbescholtener Bürger und Urlauber.«

Das war ja wirklich das Allerletzte, dachte Eva und hätte am liebsten ausgespien. Was waren das nur für ignorante Typen. Schließlich ging es hier um das Leben eines Kindes.

»Gut«, sagte sie knapp, »wenn keiner von Ihnen hier noch etwas Sinnvolles beizutragen hat, dann können Sie jetzt gehen.«

Die Gruppe löste sich auf und verließ nach und nach die Polizeidienststelle.

Als alle weg waren, fühlte Eva sich wie erschlagen. Und sie ahnte, dass der eine oder andere von denen eben gelogen hatte, oder einfach geschwiegen. Es würde also notwendig sein, sie alle noch einmal einzeln ins Gebet zu nehmen, so lästig ihr das im Moment auch war. Und überhaupt, es hätten sich mindestens vier oder fünfmal so viele Menschen melden müssen. In was für einer Welt leben wir eigentlich?, fragte sich Eva, dass denen so ein Kind einfach egal war.

Sie hätte gut und gerne Lust gehabt, jetzt einfach alle auf der Insel zu verhaften und zu prüfen, mit welcher Fähre sie angereist waren. Und dann hätte sie die Wahrheit einfach aus allen herausgeprügelt.

Sie fuhr ihren Rechner hoch und schrieb alle einzeln an, um ihnen einen neuen Termin für eine Befragung mitzuteilen.

Als das erledigt war, rief Eva bei Ulrike auf dem Handy an. Sie wollte gerne noch einmal mit ihr unter vier Augen sprechen. Doch es meldete sich nur die Mailbox.

Und da die Sonne so verführerisch in die Dienststelle schien, entschied Eva sich kurzerhand für einen Spaziergang am Hundestrand. Dort war es um diese Uhrzeit meistens leer und zu dieser Jahreszeit sowieso. Erst zum Wochenende wäre wieder mit einem größeren Besucherstrom zu rechnen.

Es war doch recht kühl geworden und Eva ärgerte sich, dass sie ihren Schal vergessen hatte. Sie zog den Kragen ihrer Jacke hoch und stemmte sich gegen den Nordseewind, der ihr vom Meer her entgegenschlug. Raue See hieß es nicht von ungefähr, dachte sie. Wasser war noch nie ihr Element gewesen. Sie konnte schwimmen, hatte aber in der Regel keine Lust dazu. Und ihre Vermutung, dass sie hier wahrscheinlich alleine unterwegs wäre, war richtig gewesen.

Immer wieder klatschten die Wellen bis weit aufs Festland. Schon verständlich, dass diese Naturgewalt auf viele Menschen eine besondere Faszination ausübte.

Eva war ein gutes Stück am Ufer entlanggelaufen, als ihr etwas ins Auge stach. Ein großer schwarzer Kasten, der am Strand lag und von den Wellen immer weiter an Land geschubst wurde. Vielleicht eine Kiste, die über Bord gegangen war, dachte Eva und lief weiter in die Richtung.

Erst, als sie praktisch davor stand, erkannte sie, was es wirklich war. Ein schwarzer Koffer. Und sie wusste auch sofort, wem er gehörte. Ulrike. Denn mit ihrer Tochter Steffie war mit dem fremden Mann auch ihr Gepäck verschwunden.

Er war schon ganz schön ramponiert, stellte Eva fest. Und völlig durchgeweicht war er auch. Er musste tagelang im Wasser getrieben sein, bevor er hier strandete.

Sie griff nach dem Griff des Koffers und zog ihn mühsam hinter sich her. Der feuchte Sand machte die Sache nicht gerade leichter. Und zum Tragen war der Koffer eindeutig zu schwer.

»Und jetzt auch noch die Dünen rauf«, schnaufte Eva, als sie plötzlich eine Stimme hinter sich hörte.

»Frau Sturm?«

Sie drehte sich um.

»Das ist ja ein Zufall«, erwiderte Eva, als sie Ulrike erkannte. »Eben habe ich noch bei Ihnen angerufen, aber es nahm niemand ab. Und jetzt habe ich gerade Ihren Koffer gefunden. Jedenfalls gehe ich davon aus, dass es Ihrer ist.«

»Meinen Koffer?«

Ulrike kam neugierig näher.

»Ja, das stimmt, das ist mein Koffer. Ich erkenne ihn an dem kleinen Anhänger am Reißverschluss.«

Jetzt sah auch Eva den kleinen grauen Esel, der fröhlich hin und her baumelte, während sie sich abmühte.

»Wenn das so ist, dann können Sie mir vielleicht helfen, ihn in die Dienststelle zu tragen«, bat Eva und Ulrike krempelte sofort die Ärmel hoch.

»Natürlich.«

Sie packte mit an und mit vereinten Kräften zogen und schoben Eva und Ulrike den Koffer den Dünenweg hinauf.

Herunter ging es bedeutend schneller.

Und unten auf dem gepflasterten Weg zog Eva den Koffer auf seinen Rollen hinter sich her, während Ulrike sich daran beteiligte, ihre Hand mit auf den Griff zu legen.

»Gehen Sie öfter alleine hier spazieren?«, fragte Eva.

»Und Sie?«

»Ich schon. Es ist schön, wenn man nur den Wind und das Meer hört.«

»Ja, das mag ich auch«, stimmte Ulrike zu.

Immer wieder wanderte ihr Blick zu ihrem Koffer hinunter, während sie sprach.

»Denken Sie, dass ... ich meine ... wie soll ich sagen?«

»Nein, das glaube ich nicht«, erwiderte Eva, die sofort verstand, welche Gedanken Ulrike durch den Kopf gingen. »Dann wäre der Koffer bestimmt bedeutend schwerer und irgendwie erscheint er mich auch zu klein für ...«.

Die letzten Worte verkniff sie sich auch. Es war einfach unmöglich, das Ungeheuerliche dann tatsächlich auszusprechen.

Irgendwann erreichten sie die Dienststelle und sie trugen den Koffer gemeinsam hinein.

»Nur gut, dass hier Fliesen liegen«, sagte Eva, um überhaupt etwas zu sagen. Jetzt war es soweit, sie würden

den Koffer öffnen müssen. Und wenn sie Ulrike jetzt rausschickte, dann würde ihr das nur Angst machen.

Also kürzte sie die Sache ab und zog kurzerhand den Reißverschluss auf. Jedenfalls versuchte sie es. Doch die Mischung aus dem vielen Wasser und dem Sand, der sich zwischen die Zähne gesetzt hatte, machte das Ganze zu einer störrischen Angelegenheit.

»Es ist egal, wenn der Reißverschluss kaputtgeht«, flüsterte Ulrike, »ich werde ihn sowieso nie wieder benutzen können.«

Eva taten bereits die Finger weh. Sie pustete daran und sah sich nach einem Gegenstand um, der ihr nützlich sein könnte.

»Ich kann es auch mal versuchen«, sagte Ulrike.

»Sind Sie sicher?«

Ulrike nickte und machte da weiter, wo Eva aufgehört hatte.

Schließlich schaffte sie es und der Reißverschluss gab nach. Vorsichtig zog Ulrike immer weiter.

»Jetzt machte ich weiter«, sagte Eva und klappte den Deckel hoch.

Beiden Frauen entfuhr zeitgleich ein erleichterter Seufzer. Ulrike standen dabei Tränen in den Augen. Und es hätte nicht viel gefehlt, und Eva hätte mit ihr geheult.

»Das sind meine Sachen«, sagte Ulrike mit tränenerstickter Stimme. »Und das da, das ist Steffies rote Jacke.«

»Kommen Sie, ich mache uns erst mal einen Kaffee«, sagte Eva und zog Ulrike mit sich und drückte sie auf einen Stuhl.

Als sie beide gemeinsam am Tisch saßen, fing Ulrike sich wieder. Sie hatte ein puterrotes Gesicht und zog ihre Jacke aus. Vielleicht lag es am Kaffee oder an den ganzen Emotionen, die mit dem Koffer in ihr hochgekommen waren, dachte Eva. Dann schob sie auch noch ihre Ärmel hoch.

»Haben Sie sich verletzt?«, fragte Eva, als sie die frischen Wunden auf Ulrikes linkem Arm sah.

»Wie? Ach so, das ist nichts Ernstes. Nur ein paar Kratzer«, antwortete Ulrike schnell und zog ihren Ärmel wieder herunter.

»Sie haben sich selber verletzt, habe ich recht?«, fragte Eva, die schon einige Verletzungen in der Richtung gesehen hatte.

Ulrike schwieg und griff verlegen wieder nach ihrem Kaffeebecher.

»Es ist wegen Ihrer Mutter, habe ich recht?«

Noch immer blieben Ulrikes Lippen versiegelt.

»Sie müssen mir dazu nichts sagen«, meinte Eva, »doch manchmal hilft es, darüber zu reden.«

Ulrike schluckte und wich Evas Blicken aus. Dann sagte sie:

»Verstehen Sie sich gut mit Ihrer Mutter?«

Komisch, dachte Eva, Ulrike war jetzt schon die Zweite, die nach ihrem Verhältnis zu ihrer Mutter fragte. Und Henny hatte sie alles gesagt.

»Mittlerweile geht es«, sagte Eva deshalb ehrlich. »Ich habe sie erst vor einiger Zeit wiedergefunden.«

»Wiedergefunden?«, fragte Ulrike interessiert und ihr Blick wurde klarer, weil sie sich endlich einmal nicht selbst bedauern musste.

»Das ist eine lange und vielleicht auch traurige Geschichte«, wich Eva aus. »Sie hat mich als kleines Mädchen weggegeben und ich habe lange Jahre versucht, den Gedanken an sie zu unterdrücken.«

»Meine Güte, das tut mir wirklich leid. Aber ich hoffe für Sie, dass Ihre Mutter netter ist, als meine.«

Jetzt musste Eva lachen und auch Ulrike lächelte nun.

»Mütter sind ein unendliches Thema«, sagte Ulrike. »Ich hoffe, dass Steffie mich nicht auch eines Tages hassen wird.«

»Das glaube ich nicht, Ulrike. Sie sind eine gute Mutter. Vielleicht würde Ihnen ein wenig mehr Abstand zu Ihrer Mutter einfach mal guttun.«

»Sie haben recht, darüber habe ich auch schon öfter nachgedacht. Und wenn Steffie wieder da ist, dann werde ich mit ihr aus Esens weggehen.«

»Na also«, sagte Eva, »so gefallen Sie mir schon besser. Und wenn Sie den Schritt getan haben, dann wird auch die Sache mit ihrem Arm nicht mehr passieren.«

»Sicher nicht. Wissen Sie was ...?«

»Nein ...«.

»Ach, ich behalte es lieber für mich.«

»Das müssen Sie nicht. Es ist besser, wenn man Dinge ausspricht, anstatt sie mit sich herumzuschleppen.«

»Ich wünschte, Sie wären meine Mutter.«

Jetzt verschlug es Eva dann doch die Sprache. Man hatte ihr ja schon vieles, und manchmal auch weniger Schönes gesagt, aber dass jemand sie zur Mutter haben wollte, eindeutig nicht. Und noch schlimmer war der Gedanke, dass sie tatsächlich hätte Ulrikes Mutter sein können. Sie wurde wirklich alt.

Wie aus heiterem Himmel klingelte dann ihr Handy, um sie zu retten.

»Ja?«

»Ole hier«, kam es vom anderen Ende.

»Ole?«

»Der Gerichtsmediziner, wir erinnern uns?«

»Sicher. Hab ich dich angerufen?«

»Nicht dass ich wüsste. Aber ich bin trotzdem auf Langeoog.«

»Das ist vielleicht gar nicht schlecht. Du könntest etwas in der Dienststelle untersuchen.«

»Leckt der Wasserhahn?«

»Es ist komplizierter ...«.

»Das ist es bei dir doch immer. Aber ich bin in zehn Minuten da.«

Sie legten auf.

»Ulrike, ich muss Sie jetzt leider bitten, zu gehen«, sagte Eva zu der jungen Frau. »Gleich wird mein Kollege hier sein und den Koffer untersuchen.«

»Verstehe. Ich hoffe, ich bin Ihnen eben nicht zu nahe getreten ... ich meine.«

»Nein, es ist alles in Ordnung. Wir unterhalten uns ein andermal weiter.«

Ulrike ging und Eva atmete auf.

Dann konzentrierte sie sicher wieder auf ihre Arbeit und stocherte mit spitzen Fingern in dem Inhalt des Koffers herum.

Was sollte Ole da eigentlich untersuchen?, fragte sie sich. Eigentlich war doch alles durchgeweicht und mögliche Spuren bestimmt mit dem Meer davongeschwommen.

Dann ging die Tür auf und Ole steckte seinen Kopf herein.

»Moin Eva.«

»Hallo Ole, es geht um diesen Koffer.«

»Nun lass einen alten Mann doch erst mal reinkommen.«

»Beim Alter, da kann ich mithalten. Eben wurde ich praktisch als Mutter einer über Dreißigjährigen adoptiert.«

»Ich wusste gar nicht, dass du Kinder hast.«

Ole beugte sich schon über den Koffer und Eva rollte mit den Augen, ohne etwas zu seiner letzten Bemerkung zu sagen.

»Vielleicht hast du schon von dem vermissten Kind gehört«, sagte sie stattdessen.

»Sicher ... und dieser Koffer hat damit zu tun?«

»Irgendwie schon. Er verschwand gemeinsam mit dem Mädchen.«

»Und wo hast du den jetzt her?«

»Eben am Strand gefunden. Er muss im Wasser getrieben haben.«

»Dann kannst du etwaige Spuren vergessen.«

»Ich weiß ...«.

»Aber wenn ich schon mal da bin.«

»Eben. Aber warum bist du überhaupt hier auf der Insel?«

»Privatsache.«

»Okay, ich frag nicht weiter.«

»Ich meinte Urlaub. Nicht, dass du es nicht wissen darfst.«

»Du machst Urlaub auf der Insel, auf der du die meisten Toten abholen musst? Ist das nicht ein bisschen morbide?«

»Mein ganzer Job ist morbide, wenn du mich fragst.«

»Tja, meiner auch.«

Eva sah Ole dabei zu, wie er nach und nach den Inhalt des Koffers auf dem Fliesenboden ausbreitete. T-Shirts, Jacken, Unterwäsche, Schuhe ... eben das, was man brauchte, wenn man verreiste.

Als letztes zog er zwei Kulturbeutel heraus, wobei einer rot und bunt mit lustigen Figuren war.

»Tja, nichts Auffälliges, würde ich sagen«, meinte Ole und kam ächzend aus der Hocke. »Lange machen meine Knie das nicht mehr mit.«

»Wann kannst du denn in Rente gehen?«

»Rente?« Ole lachte auf. »Das dauert noch, auch wenn ich manchmal alt aussehe.«

»He, so war das nicht gemeint.«

»Weiß ich doch. Aber ich muss noch ein paar Jährchen buckeln, wenn nicht eine reiche Witwe bei mir anruft, weil sie mich heiraten will.«

»Das wird nicht passieren ...«.

»Na, vielen Dank auch.«

»Bei mir ruft doch auch keiner an«, seufzte Eva und legte den Kopf schief.

»Das ist wohl unser Schicksal, wir sind mit unserem Job verheiratet. Aber wie gesagt, die Sachen in dem Koffer sind unauffällig.«

»Die Mutter hatte schon Angst, dass ihre Tochter darin liegt.«

»Die Mutter?«

»Ja, sie hat den Koffer mit mir zusammen hierher geschleppt.«

»Mein Gott, das muss ja ein Scheißgefühl gewesen sein.«

»Das war es bestimmt. Ich habe sie zufällig am Strand getroffen, als ich den Koffer fand.«

»Hm ... schlimme Sachen, wenn das eigene Kind verschwindet.«

»Ja. Und jetzt ist sie mit ihrer Mutter in einem Ferienhaus. Und sie und ihre Mutter verstehen sich nicht besonders. Und das wiederum hat auch damit zu tun, dass die Mutter ihr Enkelkind von vorne bis hinten verwöhnt, während sie ihre eigene Tochter wie Dreck behandelt.«

»Jesses. Eigentlich könnte ich jetzt einen Schnaps vertragen.«

»Willst du nicht erst was essen?«

»Nur, wenn du mitkommst.«

»Klar, warum nicht.«

Eva sah auf das Chaos auf dem Boden und dann zu Ole.

»Komm, das räume ich später auf.«

Sie machten sich auf den Weg in die Barkhausenstraße, um etwas beim Italiener zu essen.

Ole jammerte noch ein bisschen über seinen Job, der ihn immer mehr ankotzte und Eva fachsimpelte über den aktuellen Fall und alle anderen Fälle, die sie schon mit Ole auf der Insel erlebt hatte. Irgendwann war es fast elf Uhr, stellte sie erschrocken fest. Und als sie sich umsah, waren sie und Ole praktisch alleine im Lokal, wenn man vom

Personal, das gelangweilt hinter dem Tresen stand, einmal absah.

»Ich glaube, wir sollten gehen«, sagte Eva, »die sind kurz davor, uns rauszuschmeißen.«

»Oh ... dann man los«, lallte Ole, der mindestens fünf Schnäpse außer der Reihe gekippt hatte. »Und wo gehen wir hin?«

»Na, ich gehe in meine Wohnung und du in dein Hotel.«

»Hotel?«

»Aber du hast doch sicher irgendwo ein Zimmer genommen? Sag jetzt nicht, dass du nicht mehr weißt, in welchem Hotel du bist?«

Eva zog Ole vom Stuhl hoch, was sich als große Herausforderung erwies.

»Ich zahle morgen«, rief sie der Bedienung hinter dem Tresen zu, die nur erleichtert nickte, weil sie gleich endlich zumachen konnte. Sie kannte Eva und wusste, dass das in Ordnung ging, wenn sie jetzt nicht zahlte.

Draußen vor der Tür schlug ihnen die kalte Luft ins Gesicht.

»Ah ... das tut gut«, murmelte Ole und lehnte sich an die nächstbeste Wand.

»Nur nicht schlappmachen«, schnaufte Eva und zog ihn weiter mit sich. »Und jetzt sag mir endlich, in welchem Hotel zu untergekommen bist.«

»Ich hab kein Zimmer«, antwortete Ole und fing an, laut zu lachen. »Ich muss wohl am Strand übernachten.«

»Das kommt ja gar nicht infrage. Dann schläfst du eben bei mir.«

»Hast du denn ein Doppelbett«, juchzte Ole und konnte sich vor Lachen gar nicht mehr einkriegen.

»Ich habe ein gemütliches Sofa, auf dem Jürgen auch schon übernachtet hat«, sagte Eva, ohne dass sie es eigentlich gewollt hatte.

»Oh, Jürgen also auch«, kicherte Ole. »Du bist ja eine ganz Schlimme, liebe Eva.«

Er griff jetzt fester um ihre Hüfte und Eva hatte das Gefühl, dass ihm gefiel, was er da in der Hand hatte, denn er grunzte leise vor sich hin. Schnell ging sie ein paar Schritte schneller, um ihn diskret abzuschütteln, bevor es richtig peinlich wurde.

Irgendwann kamen sie tatsächlich bei Evas Wohnung an und sie schaffte es sogar, Ole ohne große Mühen ins Haus zu zerren.

»So, da setzt du dich jetzt erst mal hin«, sagte sie und schob ihn in Richtung Sofa. »Ich mache uns noch einen Kaffee und dann gehen wir schlafen.«

»Und warum soll ich dann noch Kaffee trinken?«, fragte Ole verdutzt und fiel nach hinten rüber aufs Sofa.

Als Eva an der Kaffeemaschine hantierte, hörte sie bereits ein geräuschvolles Schnarchen und stellte das Kaffeepulver wieder beiseite. Männer, dachte sie. Ich weiß schon, warum ich die nicht im Haus haben will.

Dann ging sie ins Bad und schließlich auch ins Bett.

Der Pfannkuchenmann

Wie das mit Kindern so ist, gewöhnte Steffie sich langsam an die neue Situation und arrangierte sich mit ihr. Die neue Puppe war schön und vertrieb ihr die Zeit, bis sie endlich wieder bei ihrer Oma war.

Ja, es stimmte, neuerdings fragte sie mehr nach Henny, dachte der Mann, als er in der Küche am Herd hantierte. Gleich würde es für seine Kleine erst mal ein leckeres Frühstück geben. Er wusste, was Kinder am liebsten mochten. Süß und bunt musste es sein, dann aßen sie auch. Das war ihm doch selber auch so gegangen. Und selbst heute noch konnte er kaum an den Sachen, die im Kinderregal lagen, vorbeigehen, ohne nicht wenigstens ein oder zwei Teile zu kaufen. Lollies stapelten sich in der einen Schublade und in der anderen lagen haufenweise bunte kleine Hubschrauber, Autos und Puppen, die es beim Kauf von diesem oder jenem Artikel umsonst dazugab.

Er wendete den Pfannkuchen noch einmal in der Pfanne, wartete zwei Minuten und legte ihn dann auf einen Teller, um ihn mit Puderzucker und roter Erdbeermarmelade zu verfeinern.

Dann arrangierte er alles auf einem Tablett mit Orangensaft und einem Schokokeks, den es zum Nachtisch für Steffie geben sollte.

»Hier kommt das Frühstück für meine kleine Prinzessin«, sagte er, als er in das Zimmer kam. »Hast du Hunger?«

»Oh ja«, freute sich Steffie, die Silly gerade den Schlafanzug auszog, um sie in eine Jeanslatzhose zu stecken.

»Dann komm bitte an den Tisch, ich habe dir etwas ganz Besonderes gemacht.«

Silly flog in die Ecke und Steffie war in Windeseile auf ihrem Stuhl.

»Das ist ja ein Pfannkuchenmann«, jauchzte sie. »Und er hat weiße Haare und eine Jacke mit roten Knöpfen an.«

In diesem Moment, da hätte er aufschreien mögen vor Freude. Das Kind machte ihn so glücklich.

»Nun musst du aber schön aufessen, damit der Pfannkuchenmann nicht kalt wird, kleine Steffie.«

Das brauchte er nicht zweimal zu sagen. Das Mädchen langte ordentlich zu und er setzte sich zu ihr, um an dem Glück teilzuhaben.

Mehr brauchte er eigentlich nicht zum Leben, dachte er. Doch da war leider noch etwas anderes, das an diesem Morgen erledigt werden musste.

»Mein Bauch ist voll«, sagte Steffie und fuhr mit ihrer Hand demonstrativ darüber.

»Du hast ja alles aufgegessen«, freute sich der Mann.

»Es war ja auch lecker.«

»Dann gibt es morgen schönes Wetter«, lobte er.

»Kann ich dann vielleicht auch mal draußen spielen?«, fragte Steffie unsicher. Sie ahnte, dass der Mann diese Frage nicht mochte, wagte sich aber wegen der guten Stimmung trotzdem vor.

»Nein, das geht doch nicht«, sagte er und klang böse. »Das habe ich dir doch schon alles hundertmal erklärt. Du kannst nicht nach draußen, weil die Sonne nicht gut für deine Haut ist.«

Steffie zuckte zusammen. Die gute Stimmung von eben war dahin.

»Tut mir leid«, sagte sie schuldbewusst.

»Schon gut«, erwiderte er, weil er sah, wie sehr er sie mit seinem Ausbruch verängstigt hatte. »Du bist ja noch ein Kind. Du kannst ja nicht alles wissen, was gut für dich ist. Aber ich weiß es, und darum ist es besser, wenn du hier in diesem wunderschönen Zimmer bleibst. Hier ist doch alles, was du brauchst.«

Und die Freundinnen, die Schule, Oma und Mama?, was ist damit, dachte Steffie. Doch sie sagte lieber nichts, sondern nickte nur und ging wieder zu ihrem Bett, auf dem Silly noch immer verdreht mit einer halb angezogenen Jeanslatzhose lag.

Eva und die Männer

Eva stand unter der Dusche und bekam deshalb nicht mit, als Jürgen vor ihrer Tür stand und klingelte.

»Komisch«, sagte Jürgen zu sich selbst. »Eigentlich müsste sie doch noch zuhause sein.«

Er sah sich um und entdeckte niemanden, den er hätte fragen können, ob Eva schon in aller Herrgottsfrühe ihre Wohnung verlassen hatte. Und wäre es nur um ein kurzes Hallo gegangen, dann wäre er jetzt auch wieder gegangen. Doch die Sache, die er mit ihr besprechen wollte, war einfach zu wichtig, als dass er jetzt schon aufgeben konnte. Also ging er um das Haus herum, um einen Blick ins Innere zu erhaschen. Das wiederum erinnerte ihn an die guten alten Zeiten, wo sie noch zusammen auf Verbrecherjagd gewesen waren. Wie doch alles ganz schnell vorbei sein konnte, dachte er wehmütig, als ihn dann fast der Schlag traf.

Da lag doch tatsächlich ein Mann auf Evas Sofa. Fast nackt. Jedenfalls ragten behaarte Beine unter einer roten Wolldecke hervor.

Jürgen presste seine Nase an die Scheibe, doch er konnte nicht erkennen, wer es sich da in seinem Revier bequem gemacht hatte.

»Na warte«, murmelte er vor sich hin. »Dir werde ich Beine machen.«

Und warum schlief dieser Mann nicht bei Eva im Bett?

Robert!, fuhr es ihm als Nächstes in den Sinn. Natürlich, warum war er nicht gleich darauf gekommen. Erleichtert rutschten seine Hände von der Scheibe ab und er ging wieder zur Vordertür und klingelte erneut.

Eva machte auf.

»Jürgen?«, fragte sie erstaunt. »Waren wir verabredet?«

»Nein, das nicht, aber ich muss mit dir reden. Sag mal, wer liegt eigentlich da bei dir im Wohnzimmer?«

»Wie bitte?«

»Na, da liegt doch ein Mann, ich hab es ganz deutlich durchs Fenster gesehen?«

»Durchs Fenster? Bist du jetzt völlig übergeschnappt?«

»Ich hab geklingelt und du hast nicht aufgemacht.«

»Ach so, und da gehst du dann einfach mal so ums Haus und gaffst in meine Privatsphäre? Also wirklich, das ist ja wohl ...«.

»Was ist hier denn los?«, meldete sich eine dritte Stimme aus dem Hintergrund. »Könnt ihr nicht leiser streiten?«

»Ole?«, entfuhr es Jürgen, der den Gerichtsmediziner auch in Unterwäsche erkannte.

»Jürgen?«

Eva stand jetzt zwischen den beiden und sah von einem zum anderen.

»Ich glaub ja wohl, es hakt«, sagte sie und zog Jürgen in die Wohnung. »Wenn das jemand mitkriegt ... total lächerlich.«

Sie schob Jürgen in die Küche und wies Ole an, sich ins Bad zu verziehen, um sich frisch zu machen.

Dann setzte sie Kaffee an.

»Was ist denn überhaupt los?«, fragte sie Jürgen.

»Das könnte ich dich auch fragen. Was macht Ole hier?«

»Er macht spontan Urlaub ...«.

»Ach so. Und da hat er wohl kein Hotelzimmer mehr bekommen, nehme ich an.«

Der ist doch jetzt wohl nicht eifersüchtig, dachte Eva amüsiert.

»Wir waren gestern essen und da hat er wohl zu viel getrunken. Und da er tatsächlich keine Bleibe hatte, weil er gestern spontan angereist ist, da hab ich ihm eben angeboten, auf dem Sofa zu schlafen. Das hast du ja auch schon gemacht. Da ist doch nichts dabei.«

»Schon gut Eva, geht mich ja auch gar nichts an im Prinzip.«

Darauf wiederum sagte Eva nichts. Vielmehr interessierte sie jetzt, warum Jürgen eigentlich hier war.

»Sag mal, was treibt dich überhaupt am frühen Morgen hierher?«

»Mir ist da ein Gedanke gekommen«, sagte Jürgen und stand auf, um wie selbstverständlich Kaffee einzuschenken.

»Ein Gedanke?«, wiederholte Eva. »Zu dem verschwundenen Mädchen, nehme ich an.«

»Genau«, bestätigte Jürgen. »Du suchst ja nach Leuten, die beobachtet haben, wie sie mit der Fähre rüber auf die Insel gekommen ist. Richtig?«

»Besser hätte ich es nicht formulieren können«, neckte Eva.

»Haha. Also, was wäre denn, wenn sie gar nicht mit der Fähre auf die Insel gekommen ist.«

»Ja, so weit war ich auch schon. Der Entführer kann auch mit ihr in Bensersiel geblieben sein und sie auf dem Festland gefangen halten.«

»Richtig. So könnte es sein. Aber mir kam dann die Idee, dass er vielleicht eine andere Fähre genommen haben könnte.«

»Du meinst die Nächste oder Übernächste sogar?« Eva schaltete. »Mensch, das ist in der Tat auch eine Möglichkeit, die ich tatsächlich noch nicht in Betracht gezogen hatte. Aber warum hätte er das tun sollen?«

»Na, ganz einfach.« Jürgen war wieder in seinem Element und hatte Ole bereits vergessen. »Der Entführer konnte doch, nachdem die Mutter in Bensersiel geblieben war, davon ausgehen, dass die sofort einen Riesenaufstand macht, damit man das Kind gleich nach der Ankunft auf Langeoog in Empfang nimmt.«

»Hm ... guter Gedanke. Es war ja klar, dass sofort alle nach dem Mädchen Ausschau halten würden ...«.

»Genau. Und dass es da auf Langeoog eine Großmutter gab, die wartete, das muss der Entführer ja nicht unbedingt gewusst haben.«

»Auch da stimme ich dir zu«, meinte Eva.

Dann kam Ole in die Küche. Er wirkte verkatert und rieb sich die Stirn.

»Guten Morgen zusammen«, sagte er und setzte sich mit an den Tisch.

Jürgen schenkte ihm einen Kaffee ein.

»Hier, das hilft fürs Erste«, sagte er mitfühlend und schob Ole den Becher hin.

»Wir unterhalten uns gerade über das entführte Mädchen«, erklärte Eva und brachte Ole auf den neuesten Stand.

»Hm ... aber eines wisst ihr immer noch nicht«, gab Ole zu bedenken und beide starrten ihn erwartungsvoll an. »Warum hat man das Mädchen eigentlich entführt? Gibt es einen Erpresserbrief, eine Lösegeldforderung?«

»Nein, das gibt es nicht«, antwortete Eva. »Warum das Mädchen entführt wurde, ist noch unklar. Es hat sich niemand gemeldet.«

»Tja, ich fürchte, dann helfen euch auch die besten Theorien nichts. Denn wenn niemand eine Forderung mit einer Entführung verknüpft, dann kann man fast davon ausgehen, dass es eine zufällig motivierte Tat war, die durch einen günstigen Augenblick ausgelöst wurde. Und dann sind die Opfer in der Regel ... nun ja, sie tauchen nie wieder auf. Das ist jedenfalls meine Erfahrung damit.«

»Du meinst also, ich soll den Deckel drauf machen?«, fragte Eva frustriert.

»Nein, so schnell sicher nicht. Aber wenn du mich fragst, dann sehen die Chancen für das Mädchen nicht gut aus. Wahrscheinlich ist sie einem Pädophilen in die Hände gefallen, der das Versagen der Mutter ausgenutzt hat.«

»Tja, ehrlich gesagt vermute ich Ähnliches in der Richtung, aber ich weigere mich, mich damit abzufinden«, sagte Eva. »Wir dürfen die Hoffnung nicht aufgeben, Steffie zu finden. Mein Gott, sie ist doch noch ein kleines Kind.«

Betreten sahen Jürgen und Ole sich an, als sie spürten, wie nah Eva die ganze Sache ging.

»He Jungs«, sagte Eva und lächelte schon wieder. »Es ist rührend, wie ihr um mich besorgt seid. Aber jetzt muss ich euch leider rausschmeißen, denn wenn Jürgen recht hat, dann müssen auch noch andere Gäste befragt werden. Eigentlich könnte ich die ganze Insel einkesseln und alle unter die Lupe nehmen. Denn bei einem zufälligen Verbrechen ist jeder unter Verdacht.«

»Na dann, Ole«, sagte Jürgen, »machen wir uns mal gemeinsam auf den Weg und suchen nach einem Zimmer für dich. Oder willst du schon wieder fahren?«

»Ne, eigentlich wollte ich eine Woche hierbleiben«, antwortete Ole und kippte seinen Rest Kaffee runter.

Die Männer machten sich auf den Weg und Eva saß alleine in der Küche und starrte auf die leeren Kaffeebecher.

Es war so ein verdammt mieses Gefühl, nicht zu wissen, wo man ansetzen sollte. Und immer wieder blieben ihre Gedanken bei Henny und Ulrike hängen. Beide liebten Steffie, doch einander konnten sie offensichtlich nicht ausstehen. Hatte es ein unterschwelliges Gerangel um die Zuneigung des Kindes gegeben? Denkbar wäre es. Henny hatte genügend Geld, das Anlass für eine Erpressung bieten würde. Was war, wenn sie tatsächlich vom Entführer bedroht wurde und versuchte, die Sache auf eigene Faust zu lösen, weil der Täter es von ihr verlangte?

Und Ulrike? War ihr das Kind, das sie vorgab, abgöttisch zu lieben, am Ende nur ein Klotz am Bein, das sie an ihre ungeliebte Mutter fesselte? Steckte sie hinter dem Verschwinden von Steffie, damit sie endlich frei sein konnte? Ein perfider Gedanke, doch nicht unmöglich. Doch auf der anderen Seite hätte sie Henny das Kind doch einfach überlassen können und gehen.

Aber nach den Wunden an ihrem Arm zu urteilen tobten in Ulrike böse Kräfte. Und es wäre nicht verwunderlich, wenn sie die Entführung von Steffie vorgetäuscht hätte, alleine, um ihrer Mutter eins auszuwischen. Vielleicht wartete sie nur noch eine Zeitlang ab, um dann mit Steffie unerkannt zu verschwinden.

Wie sie es auch drehte und wendete, am Ende lief alles immer wieder auf den Zwist zwischen diesen beiden grundverschiedenen Frauen hinaus. Jetzt war es an ihr, die beiden aus der Reserve zulocken, um Steffies Leben zu retten.

gehen wollen. Doch in Hinblick auf ihre Tochter und die derzeitige trotz allem traurige Situation hatte Henny auf ein amouröses Abenteuer verzichtet. Wenn auch schweren Herzens.

Doch als Ulrike auch am Morgen nicht aus ihrem Zimmer kam, da wurde ihr die Sache dann langsam unheimlich. Sicher, man konnte maulig sein. Aber irgendwann wollte man doch auch frühstücken und einen Kaffee trinken.

»Ulrike!«, rief sie jetzt noch einmal, »wenn du jetzt nicht sofort aufmachst, dann trete ich die Tür ein.«

Henny horchte. Dann wurde langsam der Schlüssel in der Tür herumgedreht, doch sie blieb verschlossen.

Henny drückte die Klinke herunter und spähte hinein.

Ulrike lag auf dem Bett und starrte an die Decke.

Henny war wirklich erleichtert, dass Ulrike sich nichts angetan hatte. Doch dann kroch wieder der Ärger in ihr hoch.

»Was soll das Theater? Kannst du mir das bitte mal erklären? Dein Kind ist weg und du spielst dich auf wie eine verwöhnte Göre?«

Ulrike drehte sich auf den Bauch und steckte ihr Gesicht ins Kissen.

»Geh weg«, presste sie unterdrückt hervor. »Lass mich einfach in Ruhe.«

»Ha, das könnte dir so passen«, fauchte Henny. »Das machst du nicht mit mir. Du wirst nicht eher deine Ruhe vor mir haben, bis Steffie wieder da ist. Danach kannst du von mir aus hingehen, wo der Pfeffer wächst. Nur, damit du Bescheid weißt. Ich werde das Mädchen zu mir nehmen, du bist doch gar nicht in der Lage, dich vernünftig um dich selbst zu kümmern, geschweige denn, um ein Kind.«

Sie machte auf dem Absatz kehrt und knallte die Tür hinter sich zu.

Eva hatte das Poltern von außen gehört und drückte gerade auf die Klingel.

»Guten Tag Frau Sturm«, sagte Henny glockengleich, als sie öffnete.

»Frau Bartjen, ist alles in Ordnung?«

»Wie?«

»Na, ich habe da eben einen heftigen Knall gehört bei Ihnen im Haus.«

»Ach so. Da ist nur eine Tür vom Wind zugeschlagen worden. Alles in Ordnung, kommen Sie doch herein, ich mache uns einen Kaffee.«

Wind? Es ging nicht ein Lüftchen, registrierte Eva. Diese Frau log eindeutig. Aber warum?

Henny führte sie in die helle Küche.

»Nehmen Sie bitte Platz, Frau Sturm«, sagte sie und setzte Wasser auf. »Ich filtere den Kaffee immer noch gerne selber«, erklärte sie, »dann schmeckt er einfach besser.«

»Das mag sein«, sagte Eva. »Aber wegen Ihres guten Kaffees bin ich nicht gekommen.«

Henny lachte, doch im nächsten Moment besann sie sich wohl eines besseren, weil diese Stimmung einfach nicht zu einer in Angst schwebenden Großmutter passte.

»Wissen Sie«, sagte sie schnell, »man versucht ja, nicht immer an das Schreckliche, was Steffie zugestoßen sein könnte, zu denken«, erklärte sie.

»Das kann ich verstehen«, sagte Eva, »es muss die reinste Hölle sein, die Sie und Ihre Tochter durchmachen. Ist Ulrike eigentlich auch zuhause?«

Henny nickte. »Ja, sie ist in ihrem Zimmer. Es ist auch für sie nicht leicht ... das mit Steffie.«

»Bestimmt nicht. Aber sagen Sie mal, Frau Bartjen, können Sie sich jemanden vorstellen, der Sie erpressen würde?«, wechselte Eva fast unbemerkt das Thema, so dass Henny alle Gesichtszüge entglitten.

»Erpressung? Frau Sturm, was reden Sie denn da? Mich erpresst niemand. Und wenn, glauben Sie dann nicht, dass ich Ihnen schon davon erzählt hätte?«

»Das wäre jedenfalls zu wünschen«, meinte Eva trocken. »Doch es gibt diesen merkwürdigen Erpressertypus, der die Polizei einfach nicht dabei haben will, wenn Sie verstehen.«

»Ich bin ja nicht von vorgestern«, maulte Henny und ließ jetzt das kochende Wasser durch einen Filter mit Kaffeepulver in eine Glaskanne laufen. »Aber ich versichere Ihnen, dass mich niemand erpresst. Das würde sich auch niemand trauen, denn dem würde ich ... au«, heißes Wasser war gegen ihre freie Hand gespritzt.

»Hören Sie Frau Bartjen, mir ist die Sache mit der Erpressung durchaus ernst, auch wenn wir eben ein wenig flapsig darüber gesprochen haben. Und wenn jemand das Leben von Steffie bedroht, dann machen Sie alles, was die Erpresser wollen und das ist auch nur zu verständlich. Aber glauben Sie mir, für die Opfer ist es besser, wenn die Polizei mit ermittelt.«

Henny schenkte jetzt den frischen Kaffee in zwei weiße Tassen und stellte diese samt Unterteller auf den Tisch.

»Frau Sturm, ich wünschte, es wäre so einfach«, sagte Henny Bartjen plötzlich unerwartet ernst. »Denn natürlich würde ich Sie sofort mit ins Boot holen, wenn mich jemand erpresste. Und dann wüssten wir wenigstens, dass es Steffie gutgeht. Ja, fast könnte man sagen, ich würde mir wünschen, jemand wollte mein Geld.«

»Gut, das ist es also nicht. Ich muss diese Frage allerdings auch noch Ulrike stellen.«

»Ulrike? Die hat doch gar nichts ... und am wenigsten Geld.«

»Und sie hat Sie auch nicht um eine größere Summe gebeten in letzter Zeit?«

»In letzter Zeit?«, fragte Henny misstrauisch. »Sie wollen damit doch wohl nicht andeuten, dass Ulrike die ganze Sache inszeniert haben könnte, um an mein Geld zu kommen?«

»Wie verhält es sich denn mit Ihrem Geld, geben Sie Ulrike regelmäßig etwas?«

»Pah, warum sollte ich das tun? Ich musste für mein Geld auch lange Jahre hart arbeiten. Und mein Mann, Gott hab ihn selig, übrigens auch. Wir hatten einen kleinen aber feinen Betrieb für Mischwaren. Es war nie leicht, doch irgendwann warf der Laden dann Gewinn ab und wir konnten expandieren und recht gut davon leben. Außerdem hat mein Mann eine Lebensversicherung auf mich abgeschlossen gehabt, so dass ich nach seinem Tod alles verkaufen konnte und jetzt ein hübsches Sümmchen auf die Seite gelegt habe. Ich muss mir den Rest meines

Lebens jedenfalls keine finanziellen Sorgen mehr machen.«

»Bis auf die Tatsache, dass man Ihre Enkelin entführt hat«, gab Eva zu bedenken. Die letzten Ausführungen von Henny hatten ihre Bedenken wegen einer möglichen Entführung eher geschürt denn vertrieben.

»Ja, bis auf Steffie ...«, Henny griff nach ihrer Kaffeetasse und klammerte sich daran. »Es ist nicht so leicht, nicht verrückt zu werden bei dem Gedanken, was das Mädchen gerade jetzt in diesem Augenblick durchmacht. Und Sie finden wirklich gar nichts heraus? Ich meine, das ist doch schließlich Ihr Job«, spielte sie den Ball wieder in Evas Richtung.

»Nein, wir haben keinerlei Anhaltspunkte«, sagte Eva. »Niemand hat Steffie gesehen. Weder in Esens noch in der näheren Umgebung, wo Sie und Ulrike wohnen, noch auf der Fähre oder hier auf der Insel. Das Mädchen ist praktisch wie vom Erdboden verschwunden. Dass ich den Koffer Ihrer Tochter am Strand gefunden habe, hat Ulrike doch sicher schon erwähnt.«

»Den Koffer? Nein, davon hat Ulrike nichts gesagt. Was ist damit? Sie haben ihn am Strand gefunden?«

»Am Hundestrand, um konkret zu sein«, sagte Eva. »Aber auch darin gab es keine erhellenden Hinweise. Es waren nur die Sachen von Ulrike und Steffie darin. Nichts anderes. Und sie hat Ihnen nicht davon erzählt?«

Henny schüttelte den Kopf.

»Um ehrlich zu sein, wir haben nicht das beste Verhältnis. Und das nicht erst, seitdem Steffie verschwunden ist«, gab Henny zu. »Eben haben wir uns auch wieder gestritten, deshalb ist die Tür geflogen.«

»Hm ... ich habe mir schon so etwas gedacht«, sagte Eva. »Und deshalb ist Ulrike jetzt auf ihrem Zimmer, nehme ich an.«

»Sie hat sich da gestern eingeschlossen und ist nicht wieder rausgekommen. Deshalb hab ich da eben so einen Streit vom Zaun gebrochen. Ich weiß nicht, warum das so ist, aber wir haben uns noch nie verstanden. Das ist doch komisch, ich meine, wir sind doch Mutter und Tochter.«

Fast wirkte Henny jetzt ein wenig traurig, als sie das sagte.

»Ach, es gibt kein Naturgesetz, das Eltern und Kinder sich mögen müssen«, sagte Eva, um die Sache zu relativieren. »Im Grunde kann man sich freuen, wenn alles gut läuft, aber wenn nicht, dann muss man sich damit abfinden. Erzwingen lassen sich Gefühle nun einmal nicht. Aber was glauben Sie, hat bei Ihnen und Ulrike überhaupt dazu geführt, dass sie beide so ein schlechtes Verhältnis haben?«

Henny seufzte auf.

»Ich weiß es nicht, Frau Sturm. Ulrike ist doch mein einziges Kind. Vielleicht kommt es davon, dass ich immer mit im Betrieb war ... ich hatte doch nie wirklich Zeit für sie. Oft kam sie nach der Schule nach Hause und niemand war da. Sie musste sich schon früh alleine versorgen ...«. Sie schluckte hart. »Ich habe mir viele Jahre, wo ich spürte, dass wir uns voneinander entfernten, die größten Vorwürfe deswegen gemacht.«

»Und bei Steffie machen Sie jetzt alles anders ...«.

»Jetzt habe ich die Zeit, die mir damals bei Ulrike gefehlt hat. Und vielleicht nimmt mir Ulrike das übel, ich weiß es nicht.«

»Warum sprechen Sie dann nicht einmal ganz offen mit Ihrer Tochter darüber?«

»Ach, wenn das so leicht wäre. Verletzte Gefühle reißen Wunden auf, die dicke Narben bilden, an denen man lieber nicht kratzt, wenn Sie verstehen.«

Und ob Eva das verstand.

»Ich kann mich da nur wiederholen«, sagte sie, »im Interesse von Steffie sollten sie beide sich zusammenreißen und an einem Strang ziehen.«

»Sie haben recht«, sagte Henny, »ich werde versuchen, noch einmal in Ruhe mit ihr zu sprechen.«

»Das ist gut. Wäre es vielleicht möglich, dass ich jetzt noch einmal mit Ulrike spreche?«

»Natürlich. Ich werde sie holen.«

Henny stand auf und verließ das Zimmer.

Nach wenigen Sekunden stürzte sie atemlos wieder in die Küche.

»Sie ist weg«, sagte sie.

»Weg? Ulrike?«

»Ja, die Tür ihres Zimmers steht offen. Sie ist nicht da.«

Jetzt ging Eva gemeinsam mit Henny in Ulrikes Zimmer. Es standen Schränke offen. Offensichtlich hatte sie ein paar Sachen zusammengepackt und war gegangen.

»Vielleicht ist es besser so, damit sich alles wieder beruhigen kann«, sagte Henny hilflos. Ihr schien es bewusst zu sein, dass sie jetzt ganz alleine in dem großen Ferienhaus sein würde.

»Ja, mag sein«, sagte Eva. »Doch es wirft kein gutes Licht auf Ulrike, dass sie jetzt einfach abgehauen ist. Haben Sie eine Idee, wo ich sie finden könnte?«

Henny zog die Schultern hoch.

»Vielleicht ist sie in die Jugendherberge gegangen, ein teures Hotel auf dieser Insel kann sie sich jedenfalls nicht leisten.«

Arme Ulrike dachte Eva, mit so einer aufs Geld fixierten Mutter war das Leben bestimmt nicht leicht.

»Ich werde versuchen, Sie zu finden«, versprach Eva.

»Ach, die kommt schon zurecht. Kümmern Sie sich lieber um Steffie.«

Da war sie wieder, die herzlose Henny, wie sie im Buche stand. Und im selben Augenblick wusste Eva, dass das ganze Gerede mit »ich werde versuchen, mit meiner Tochter ein besseres Verhältnis aufzubauen«, nur heiße Luft gewesen war.

Sie musste Ulrike unbedingt finden, bevor sie sich etwas antat.

Ulrike

Sie war gelaufen, bis sie völlig erschöpft am Hundestrand angekommen war. Als die Polizistin mit ihrer Mutter in die Küche gegangen war, hatte sie vorsichtig ihr Zimmer verlassen und an der Tür gelauscht. Henny war so eine falsche Schlange. Und als dann die Sprache auf Ulrikes Kindheit kam und ihre Mutter die Story von der vielbeschäftigten Mutter im Betrieb runtergeleiert hatte, da hatte sie es einfach nicht mehr ausgehalten.

Sie war in ihr Zimmer zurückgegangen und hatte ein paar Sachen in ihren Rucksack gepackt. Sie wollte weg von hier. Weg von ihrer Mutter. Einfach nur noch weg.

Kraftlos sackte sie jetzt in sich zusammen. Mehr als vierundzwanzig Stunden hatte sie nichts mehr gegessen oder getrunken. Sie wusste selber nicht, wohin sie jetzt gehen sollte. Geld für ein Hotel hatte sie einfach nicht. Sie sparte ja schon seit über einem halben Jahr für den Ausflug, den Steffie mit ihrer Kindergartengruppe zum Abschied unternehmen wollte. So eine außerplanmäßige Sache fraß immer ein dickes Loch in ihren Geldbeutel. Und da schwafelten die Politiker immer davon, dass sie Alleinerziehenden besondere Aufmerksamkeit schenken und diese wegen ihrer wertvollen Arbeit an der

Gesellschaft finanzielle Unterstützung zukommen lassen wollten. Tja, Ulrike merkte davon jedenfalls nichts. Noch immer arbeitete sie wegen Steffie nur Dreiviertel, um genügend Zeit für das Kind zu haben. Von dem Geld, das sie dabei verdiente, kam sie mit ihrer Tochter geradeso über die Runden.

Und für die Geschenke von Steffie hatte sowieso Henny das Sagen übernommen. Und Ulrike widersprach der indirekten Bevormundung durch ihre Mutter nicht, damit es wenigstens Steffie an nichts fehlte. Sie selber hatte sich schon lange verbeten, von Henny auch nur den geringsten Almosen anzunehmen. Wenigstens die Entscheidung wollte sie noch selber treffen können.

Plötzlich meinte sie, in einiger Entfernung jemanden zu sehen, der wie sie alleine am Strand entlangging. Schützend hielt sie ihre Hand über die Augen, um gegen die Sonne besser sehen zu können. Nein, der Mann war gar nicht alleine. Da war noch ein Kind, das er an der Hand hielt. Oder spielte ihre Fantasie ihr einen Streich?

Ulrike lief schneller. Wenn das nun Steffie war?

Doch sie konnte noch so schnell laufen, irgendwie hatte sie das Gefühl, dass sie die beiden niemals erreichen würde. Desto näher sie den beiden zu kommen glaubte, umso weiter entfernten sie sich von ihr. Ob sie sich das Ganze nur einbildete?

Erschöpft blieb Ulrike irgendwann stehen und die Silhouetten verschwammen vor ihren Augen mit dem Meer.

Ulrike musste weinen. Einfach so. Sie ließ sich in den Sand fallen und weinte jämmerlich und wischte ihre Tränen mit ihrem Sweatshirt ab.

»Steffie«, flüsterte sie. »Steffie …«.

»Kann ich Ihnen vielleicht helfen?«, hörte sie plötzlich eine Stimme hinter sich und drehte sich blitzartig um.

»Nein, alles in Ordnung«, sagte sie schnell. Ob sie sich doch nicht getäuscht hatte, als sie jemanden am Ufer gesehen hatte?

»Ich dachte nur …«, sagte die Frau, »ich wollte Ihnen nicht zu nahe treten.«

Sie machte Anstalten, weiterzugehen.

»Warten Sie«, sagte Ulrike schnell. Irgendwie wollte sie jetzt nicht mehr alleine sein. »Ich finde es ja nett, dass Sie fragen.«

»Kommen Sie, der Sand ist doch ganz feucht.«

Die Frau griff nach ihrer Hand und zog sie wieder auf die Beine.

»Sie zittern ja.«

»Ach ...«, plötzlich brachen bei Ulrike sämtliche Dämme. »Ich bin weggelaufen und ich habe schon so lange nichts mehr gegessen.«

»Aber wieso? Und weggelaufen, sagen Sie? Kommen Sie, wir gehen jetzt in ein Café und dann stärken Sie sich erst einmal und erzählen mir alles von vorne.«

In der Dienststelle

Verdammter Mist, dachte Eva, jetzt kann ich auch noch eine Vermisstenanzeige wegen Ulrike aufgeben. Hatte sie einen Fehler gemacht? War sie schuld daran, dass Ulrike jetzt verschwunden war?

Die junge Frau war labil, keine Frage. Hoffentlich tat sie sich nichts an.

Das war die eine Seite der Medaille.

Aber was war mit dem Verdacht, dass sie selber etwas mit dem Verschwinden von Steffie zu tun haben könnte?

Die Tür zu ihrem Büro ging auf und Ole kam herein.

»He Eva«, sagte er und setzte sich zu ihr an den Schreibtisch.

»Na, geht's deinem Kopf wieder einigermaßen besser?«

»Geht so. Sag mal, du nimmst es mir hoffentlich nicht übel, dass ich gestern so über die Strenge geschlagen habe.«

»Ach was. Alles in Ordnung, Ole. Wir haben alle mal einen schlechten Tag. Hast du denn jetzt wenigstens ein gutes Hotel gefunden?«

»Ne«, jetzt lachte er schon wieder, »du glaubst nicht, wo ich untergekommen bin.«

»Oh, ich denke schon. Bei Jürgen, richtig?«

»Genau. Wie bist du bloß darauf gekommen?«

»Tja, wie wohl«, lachte Eva. »Ihr Männer haltet doch immer zusammen.«

»Echt nett von ihm.«

»Ja, so ist er eben.«

»Eigentlich schade, dass es mit euch nicht so richtig geklappt hat.«

»Könnten wir das Thema wechseln?«

»Okay, geht mich auch nichts an. Und so hab ich jetzt wenigstens eine Chance.« Im nächsten Moment biss er sich auf die Unterlippe. »Ups, das wollte ich eigentlich gar nicht so raushauen«, sagte er schnell.

»Schon gut. Aber jetzt ist wirklich Schluss mit diesem Schwachsinn. Ich suche keinen Mann. Mir gefällt mein Leben, wie es gerade läuft eigentlich ganz gut.«

»Okay, das hätten wir dann ja geklärt. Dann nehme ich doch die Rita aus Dyksterhusen.«

Eva standen die Fragezeichen ins Gesicht geschrieben, bis sie merkte, dass Ole sie auf den Arm nahm.

»Mit einem Mann, der mich den ganzen Tag veräppelt, könnte ich sowieso nichts anfangen«, konterte sie. »Und jetzt ist aber wirklich Schluss damit.«

Sie erzählte ihm von den jüngsten Vorkommnissen in Henny Bartjens Haus und dass Ulrike verschwunden war.

»Heilige Sch ... die Sache wird ja immer verzwickter«, sagte Ole.

»Ich bin mir noch nicht ganz sicher, aber vielleicht steckt doch Ulrike hinter der ganzen Sache. Sie hat ein ziemlich schwieriges Verhältnis zu ihrer Mutter, die ihr quasi das Kind abspenstig gemacht hat.«

»Aber deshalb lässt sie doch nicht ihr Kind verschwinden«, meinte Ole. »Sie hätte doch einfach mit ihrer Tochter wegziehen können, wenn ihr das Getue ihrer Mutter so auf den Geist geht.«

»Das stimmt. Und vielleicht war es ihr auf dem normalen Weg nicht möglich und sie hat diese Variante gewählt. So kann sie ihrer Mutter noch eins auswischen, weil die sich Sorgen macht, dass Steffie etwas Schlimmes zugestoßen ist.«

»Verstehe. Das ist aber ein ziemlich makabrer Weg, es seiner Mutter heimzuzahlen, wenn du mich fragst.«

»Allerdings. Aber Menschen sind zu vielem fähig, wenn es um Gefühle geht. Vor allem, um verletzte Gefühle. Ulrike scheint ihre Mutter schon als kleines Kind gehasst zu haben.«

»Jesses. Und du denkst, dass diese Ulrike jetzt mit ihrer Steffie untergetaucht ist?«

»Es wäre eine Möglichkeit.«

»Wird schwer, die beiden dann zu finden.«

»Tja, vielleicht sehen wir beide niemals wieder. Das wird Henny Bartjen glaube ich das Herz brechen, jedenfalls, was Steffie betrifft.«

»Na, so wie du sie beschrieben hast mit ihren ganzen Lovern wird sie wohl schneller drüber wegkommen, als wir denken.«

»Mag sein. Doch ich glaube, sie tickt da anders. Die Sache mit den Männern ist die eine. Vielleicht muss sie sich etwas beweisen, so nach dem Motto, ich bin noch eine attraktive Frau oder so. Aber wenn eine Oma ihr Enkelkind verliert von heute auf morgen, das ist eine ganz andere emotionale Kiste.«

»Dann sollten wir jetzt versuchen, noch mehr Informationen von der Oma zu bekommen. Vielleicht hat sie eine Idee, wohin ihre Tochter mit Steffie fliehen würde.«

»Das ist eine gute Idee. Ich werde nachher noch einmal bei ihr vorbeischauen.«

»Und was machst du jetzt?«

»Jetzt gehe ich mit meinem Lieblingskollegen erst einmal Mittagessen, mir hängt der Magen in den Kniekehlen.«

Das Wiedersehen

Irgendetwas war heute anders, dachte Steffie. Kinder hatten ein feines Gespür für Veränderungen. Und als der Mann am Morgen eine doppelte Portion Pfannkuchenmänner brachte, da war sie sich sicher.

Vielleicht würde es heute ein Fest geben und sie käme endlich nach Hause zu ihrer Mama. Und sie schwor sich, dass sie niemals wieder etwas falsch machen würde, wenn sie wieder zu Hause in ihrem Zimmer war.

Sie wollte nicht schlecht von dem Mann denken, er war wirklich nett zu ihr. Und seine Geschenke, die waren fast so schön wie die von ihrer Oma.

Doch sie würde bald in die Vorschule kommen und alle ihre Freundinnen dort treffen. Sie hatte mittlerweile jegliches Zeitgefühl verloren und der Mann war noch immer nicht mit ihr nach draußen gegangen. Sie konnte ja nicht einmal durch die Fenster nach draußen sehen, weil sie von außen mit Holz verkleidet waren. Warum machte er das nur? Sie hatte einmal einen Anlauf genommen, ihn danach zu fragen und da hatte er wieder so böse reagiert. Sie wollte nicht, dass er böse war.

Sie wusste, dass Menschen Sachen taten, die sie nicht so meinten, wenn sie böse waren. Das hatte sie von ihrer Mama gelernt. Manchmal auch diese Dinge, weil sie böse auf jemanden war. Und oft hatte Steffie das Gefühl, dass sie der Grund dafür war, dass ihre Mama böse war, weil doch sonst niemand im Haus war. Einmal war ihre Mama so böse, dass sie sie einen ganzen Sonntag lang in ihr Zimmer eingesperrt hatte, nur, weil sie ihre Oma hatte anrufen wollen. Aber das war doch kein Grund, böse zu sein.

Steffie wusste, dass es schwer war, die Erwachsenenwelt zu verstehen. Und bestimmt würde sie bald wieder nach Hause dürfen, wenn dieser Mann, der immer Pfannkuchenmänner buk, sie endlich wieder nach draußen ließ.

Jetzt saß sie auf ihrem Bett und hielt Silly im Arm. Steffie hatte sich an den Namen gewöhnt und ihn der Puppe gelassen. Heute trug Silly ein hellblaues Kleid mit Rüschen. Und die Haare hatte sie ihr zu einem dicken Zopf geflochten. Sie dachte nur noch manchmal an Abby, wenn sie sich abends im Bett einsam fühlte.

Der Mann hatte nach dem Frühstück gesagt, dass er eine ganz besondere Überraschung für sie hätte. Und heute schien es wohl so weit zu sein.

Als der Schlüssel in der Tür herumgedreht wurde, da drückte Steffie ihre Puppe ganz fest an sich. Sie kniff die Augen zu, obwohl Ulrike immer sagte, dass das ein großer

Fehler wäre, weil man dann die schönsten Momente verpasste. Doch instinktiv hatte Steffie ein großes Potenzial an Angst in sich gesammelt, seitdem sie hier in diesem Zimmer war, in dem sie kein Tageslicht hatte und nicht mehr wusste, welcher Tag eigentlich war. Und ob sie ihre Freundinnen in der Vorschule jemals wiedersehen würde.

Jetzt hörte Steffie, wie die Klinke mit einem leisen Quietschen nach unten gedrückt wurde. Sie war versucht, sich auch noch die Ohren zuzuhalten. Doch dann hätte sie Silly loslassen müssen. Doch sie konnte die Puppe doch jetzt nicht im Stich lassen.

Dann hörte sie nichts mehr außer einem Rascheln. Etwas wurde in ihr Zimmer geschoben. Steffie zog sich ganz fest in sich zusammen, vielleicht konnte ihr dann niemand etwas anhaben. Und sie wusste nicht, woher diese große Angst plötzlich gekommen war. Der Mann hatte doch gesagt, es würde eine wunderbare Überraschung für sie geben. Warum fürchtete sie sich dann so sehr? Sie hielt den Atem an, weil etwas direkt vor ihr bewegt wurde. Dann hörte sie eine Stimme.

»Steffie?«

War das Mama? Steffies Herz machte einen Satz. Sie riss die Augen auf und sah im nächsten Moment, wie ihre Mama mit tränenüberströmtem Gesicht vor ihr stand.

»Steffie, endlich habe ich dich wieder.«

Ulrike konnte gar nicht aufhören, Steffie an sich zu drücken. Die Kleine bekam fast keine Luft mehr vor Freude.

»Mama ... Mama ... endlich bist du gekommen. Ich habe Abby so vermisst. Aber jetzt ist Silly hier, guck mal ...«.

»Meine Kleine, ich hab dich so lieb.«

Mutter und Tochter sahen sich in die Augen und weinten bitterlich vor Freude.

Zwei Wochen später

Eva saß in ihrer Wohnung und zählte die Muster der Tapete immer wieder von vorne durch. Sie wusste nicht, was sie sonst noch machen sollte vor lauter Frust.

Henny Bartjen hatte die Insel mit den Worten wieder verlassen, dass sie auch mal wieder aufs Festland rübermüsse. Sie war in der kurzen Zeit auf der Insel zu einer verhärmten Frau geworden, die jeglichen Spaß am Leben verloren hatte, nachdem ihre Tochter und ihre Enkelin wie vom Erdboden verschwunden blieben.

»Das kann doch nicht sein, dass Sie überhaupt keine Spur von den beiden haben«, hatte sie bei dem letzten Kontakt, den Eva mit ihr hatte, gesagt.

»Wenn Menschen nicht gefunden werden wollen, dann findet man sie auch nicht«, hatte Eva geantwortet. Mittlerweile ging sie zu hundert Prozent davon aus, dass Ulrike mit Steffie untergetaucht war. Und wenn sie es von langer Hand geplant und gut durchdacht angestellt hatte, dann würde man sie nie wiedersehen. Und der einzige Trost an der ganzen Sache war, dass dem Kind wenigstens nicht zugestoßen war.

Ja, genau an diese Vorstellung klammerte Eva sich jetzt. Sie konnte die Ermittlungen abschließen.

konnte. Doch irgendeine Stimme in ihr, die war dazu einfach noch nicht bereit. Auch wenn es jetzt logisch erschien, dass Ulrike hinter allem gesteckt hatte, so wusste man immer noch nicht, wer ihr da in Bensersiel geholfen hatte. Wer war dieser Mann, dem sie das Kind überlassen hatte? Wer war die Frau, die Ulrike angeblich den Rucksack mit dem Teddy bringen wollte, damit das Kind nicht ohne losfuhr? Gab es diese Frau überhaupt? Nun, das konnte eine Erfindung von Ulrike gewesen sein, um zu erklären, warum sie nicht mit auf die Fähre gegangen war. Das wäre logisch. Aber das half immer noch nicht weiter bei dem Mann, der ihr im Kopf herumspukte.

Aber was war, wenn die Beschreibung eine bloße Erfindung von Ulrike gewesen war, damit sich auf gar keinen Fall jemand an ihn erinnerte? Natürlich, das war es, dachte Eva. Es war überhaupt kein alter Mann mit grauem Haar. Ihr Komplize konnte jung, dynamisch und rotblond oder sogar eine Frau gewesen sein. Wenn sie in dieser Hinsicht gelogen hatte, war eigentlich alles denkbar. Und dann war es ja auch kein Wunder, dass sich niemand an einen grauhaarigen Mann mit Kind erinnerte, weil es ihn schlicht nie gegeben hatte.

Kein Wunder also auch, dass sich kaum jemand nach ihrem Aufruf gemeldet hatte.

Die Kollegen, die Eva sofort nach Ulrikes Verschwinden in ihre Wohnung nach Esens geschickt hatte, fanden dort niemanden vor. Und danach waren sie eine Woche lang im Wechsel vor dem Haus postiert gewesen, falls Ulrike mit Steffie auftauchte. Doch Fehlanzeige. Und dann hatte man ihr aus der Zentrale in Osnabrück klargemacht, dass eine Woche mehr als genug sei, um sich die Beine in den Bauch zu stehen, wenn es keine hinreichenden Anhaltspunkte für die Überwachung gab.

Also war auch die Observation eingestellt worden. Und Eva hatte keine Lust, sich da selber auf die Lauer zu legen. Wenn Ulrike dort eine Woche lang nicht auftauchte, dann würde sie wohl nie mehr dorthin zurückkehren. Wo sie wohl mit Steffie hingegangen war?

Eva hatte sogar in den umliegenden Frauenhäusern auf dem Festland angerufen, doch auch, als sie die Situation als äußerst fragwürdig geschildert hatte, war man dort nicht bereit, ihr Auskunft zu geben, ob Ulrike sich an sie mit der Bitte um Hilfe gewandt hatte.

Eigentlich blieb Eva jetzt nur noch eines, nachdem auch Henny die Insel verlassen hatte. Sie musste in diesem Fall endlich die Segel streichen und Ruhe geben.

Doch das war leichter gesagt als getan. Wer akzeptierte schon gerne, dass er an der Nase herumgeführt worden war? Und eine Sicherheit, dass alles so gewesen war, wie sie es sich jetzt zusammenreimte, gab es auch nicht.

Und dann stand auch noch der Winter vor der Tür mit seinem kalten Hauch, der viele Gäste bald von der Insel vertrieb. Es wurde einsamer in den Straßen. Die Lichter gingen in den Häusern eher an und die Gardinen wurden vorgezogen, damit die Wärme drinnen blieb.

In dieser Stimmung klingelte es an Evas Tür. Ihr erster Impuls war, einfach sitzen zu bleiben. Wer konnte das schon sein? Ole war auch nach Haues gefahren und Jürgen traf sie nur hin und wieder auf einen Kaffee.

Was die Männer betraf, so konnte es wohl nur Stiller sein. Mit ihm war sie vor ein paar Tagen abends essen gegangen, doch die Stimmung war irgendwie komisch gewesen. Er würde jetzt sicher nicht wie ein läufiger Hund hinter ihr herrennen. Eigentlich wäre es ein Wunder, wenn er überhaupt noch mit dir spricht, dachte Eva und lächelte in sich hinein. Sie war eine Meisterin darin, Männer vor den Kopf zu stoßen.

Das Klingeln hörte einfach nicht auf. Da draußen musste jemand stehen, der es wirklich ernst meinte.

Also stand Eva vom Stuhl auf und schlich zur Tür. Sie schob den Sicherheitsriegel vor und öffnete einen Spaltbreit.

»Eva?«

»Robert! Um Gottes willen ...«.

Schnell machte sie wieder zu, entriegelte die Tür und hieß ihn dann herzlich willkommen.

»Eva, seit wann verschanzt du dich in deiner Wohnung?«, fragte Robert.

»Ach, das ist eine lange Geschichte. Und mit dir hätte ich jetzt wirklich nicht gerechnet.«

»Sondern? Mit wem sonst hast du gerechnet? Mit King Kong?«

Beide mussten lachen.

»Ach, so schlimm jetzt auch wieder nicht«, sagte Eva, »komm doch rein, ich mach uns einen Kaffee.«

Sie gingen in die Küche, wo Robert sich auf das kleine Sofa am Fenster setzte.

»Sag jetzt bloß nicht, dass du für die Wintersaison wieder einen Job angenommen hast bei uns«, sagte Eva, als sie die Maschine befüllte.

»Nein, um Himmels willen, eine Mordverdächtigung im Jahr reicht mir wirklich«, lachte Robert. »Ich wollte dich einfach mal besuchen kommen, sonst nichts.«

»Komisch«, sagte Eva, »irgendwie verspüren immer mehr Menschen den Drang, mich einfach mal zu besuchen.«

»Tatsächlich?«

»Na ja, so viele nun auch nicht. Aber Ole Meemken, der Gerichtsmediziner zum Beispiel, der hat hier kürzlich ... ach, ist auch egal. Was kümmern dich die Geschichten deiner alten Pflegeschwester«, sagte Eva und setzte sich zu ihm aufs Sofa. »Aber sag mal, wie geht es dir denn so?«

»Ach, eigentlich ganz gut. Ich hab da so einen Job bei einem windigen Paketzusteller angenommen, aber er bezahlt ganz ordentlich. Und soviel brauche ich ja eigentlich mit meiner Katze auch nicht«, antwortete Robert und lächelte.

»Du wirkst irgendwie zufrieden, da könnte man glatt neidisch werden«, sagte Eva ehrlich.

»Man muss das Leben eben irgendwie überstehen«, sagte Robert und wirkte plötzlich melancholisch. »Niemand sucht sich die Dinge aus, die ihm passieren, aber er muss damit klarkommen.«

»Ja, du hast recht. Irgendwie haben wir es nicht in der Hand ...«.

»Eva?«

»Ja?«

»Ich hätte nie gedacht, dass wir beide mal so gute Freunde werden würden.«

»Das stimmt«, sagte Eva, »auf die Idee wäre ich damals auch nie gekommen. Ich hab dich immer für einen eingebildeten Lackaffen gehalten. Aber so kann man sich täuschen.«

»Ach, damals war ich das sicher auch. Meistens hab ich mich ja rumgetrieben wegen meinem Alten. Da muss man sich dann draußen irgendwie durchboxen und wird automatisch zum Arschloch.«

»He, so wollte ich das nun auch wieder nicht sagen. Außerdem haben wir uns damals ja nie wirklich miteinander unterhalten.«

»Du warst eben einfach zu jung für mich.«

»Was soll das denn heißen? War ich etwa dein Typ?«

»Sowas fragt man nicht ...«, wich Robert aus.

»He komm, du hast damit angefangen. Jetzt raus mit der Sprache, war ich damals dein Typ?«

»Okay, wenn du es unbedingt wissen willst. Ja, irgendwie warst du ganz schön sexy, wenn du in deiner engen Jeans die Treppe raufgegangen bist.«

Eva musste lachen. »Na, dann sei froh, dass ich dir den Anblick heutzutage erspare. Und die enge Jeans von damals könnte ich heute wahrscheinlich nur noch als Pulswärmer tragen.«

Und dann passierte etwas, womit Eva nie im Leben gerechnet hätte. Robert bekam diesen eigenartigen Blick, den Männer kriegen, wenn sie nicht mehr Herr ihrer Sinne sind.

»Nein, nicht du auch noch«, entfuhr es ihr.

»Was ich nicht auch noch?«, fragte Robert.

»Ach ... irgendwie, und das ist jetzt keine Koketterie, aber es werden immer mehr Männer, die mich irgendwie, ach, ich weiß auch nicht.«

»Du bist eben eine attraktive Frau, Eva.«

»Du willst mich wohl veräppeln, ich bin doch viel zu ...«.

Weiter kam sie nicht, denn Robert fuhr mit seiner Hand über ihr Gesicht und am liebsten hätte sie die Zeit angehalten, um das Gefühl einzufrieren, das jetzt durch ihre Glieder fuhr.

»Robert, echt jetzt«, flüsterte sie, »das musst du nicht aus Mitleid tun.«

»Ich habe kein Mitleid«, sagte er und kam mit seinem Gesicht ganz nah an ihres heran. »Du gehst mir einfach nicht mehr aus dem Kopf, seitdem ich hier auf der Insel war.«

»Robert, das sollten wir nicht tun.«

»Ich sehe niemanden, der uns daran hindern könnte ...«.

Und im nächsten Moment trafen seine Lippen auf die ihren und Eva fühlte in dem gleichen Moment, dass es richtig war.

In dieser Nacht hatte sie Sex. Nein, so richtigen erfüllenden Sex, wie sie ihn schon lange nicht mehr erlebt hatte. Wenn überhaupt schon einmal.

Und der Rest ist Schweigen.

Der Morgen danach

Eva wurde von einem Geräusch geweckt. Es kam aus dem Badezimmer. Robert. Sie zog sich seine Bettdecke übers Gesicht, sie liebte seinen Geruch. Was er jetzt wohl gerade dachte? Und sie? Tat es ihr leid, dass es soweit gekommen war? Nein, sie bereute nichts. Es hatte sich richtig angefühlt, als sie gestern Abend hier gelandet waren.

Und vielleicht war das der Grund, warum ich weder mit Jürgen noch mit Stiller wirklich jemals richtig glücklich war, dachte sie. Und doch war es ihr nicht bewusst gewesen, dass Robert ihr auf ganz besondere Weise immer im Kopf herumgespukt war. Schon seit dem Tag vor über einem Jahr, als sie mit Jürgen um seinen Hof geschlichen war und er ihnen schließlich die wichtigen Hinweise zu ihrer leiblichen Mutter hatte liefern können.

Schon damals gab es etwas zwischen ihnen, doch Eva war da noch nicht klar gewesen, dass es so tief gehen würde.

»Guten Morgen«, hörte sie plötzlich eine Stimme neben ihrem Ohr und ein Kribbeln tänzelte an ihrem Rücken herunter.

Sie schob seine Bettdecke zur Seite und Robert kroch wieder zu ihr ins Bett.

»Bereust du es?«, fragte er und sah sie aus seinen großen, manchmal ein wenig traurig wirkenden dunkelblauen Augen an.

»Bereuen? Bist du verrückt geworden?«, fragte sie mit ernster Miene. »Und du?«

Er schüttelte sachte mit dem Kopf und strich mit der Hand über ihren Arm.

»Nein, ich wusste schon immer, dass du etwas ganz Besonderes bist, Eva. Und manche Dinge brauchen eben etwas länger.«

»Das hast du schön gesagt ...«.

Sie legte ihren Kopf an seine Schulter.

»Aber trotzdem muss ich irgendwann auch wieder aufstehen. Wir treten bei dem vermissten Mädchen auf der Stelle.«

»Ich weiß.«

»Wie lange wirst du denn noch auf der Insel bleiben?«

»Das hängt ganz von dir ab«, meinte Robert, »wie lange du mich hier ertragen kannst.«

Er lächelte.

»Oh ...«, sagte Eva und sah sich hilfesuchend um. »Ich weiß nicht, ob die Wohnung wirklich für zwei reicht.«

»He, ich werde hier nicht einziehen, keine Angst«, lachte Robert und drückte ihr einen Kuss auf die Wange. »Aber es wäre schön, wenn ich hier bleiben könnte, solange ich auf der Insel bin. Ich denke mal, eine Woche oder so.«

»Eine Woche wird schon gehen«, meinte Eva. Und sie wagte nicht zu fragen, wie es dann überhaupt mit ihnen weitergehen würde. War es für ihn ein kurzweiliges Abenteuer oder machte er eine große Sache daraus?

»Ich werde mal aufstehen und Frühstück machen«, schlug Robert vor, als er die Fragezeichen in ihrem Gesicht sah.

»Ja, ist gut. Ich komme auch gleich ...«.

Eva starrte an die Decke. Das blöde an Beziehungen war, dass man sich an sie gewöhnte. Es fühlte sich so gut an, mal nicht alleine zu sein. Doch irgendwann würde Robert wieder aufs Festland fahren.

»Was wirst du heute noch machen?«, fragte sie später, als sie zusammen in der Küche saßen.

»Hm ... keine Ahnung. Vielleicht besuche ich Jürgen in der Touristinfo.«

Ach herrje, dachte Eva sofort.

»Keine Angst, ich werde ihm nichts von uns erzählen«, schob Robert hinterher, der ihren Blick richtig interpretiert hatte.

»Es ist nicht so, dass ich nicht dazu stehen würde«, sagte Eva schnell. »Doch Jürgen ist eben Jürgen.«

»Ich weiß, was du meinst. Er ist ein netter Kerl, dem man es auf schonende Weise beibringen muss.«

»Tja, so ungefähr«, lachte Eva. »Und er hat ja auch seine Gunda. Wahrscheinlich ist es ihm sowieso völlig egal, was wir beide machen.«

»Bestimmt sogar. Er ist schließlich ein erwachsener Mann.«

»Dem ich eine ganze Menge zu verdanken habe.«

»Da bin ich mir nicht so sicher«, meinte Robert. »Ich finde, du stellst dein Licht immer viel zu sehr unter den Scheffel. Du bist niemandem zu Dank verpflichtet.«

»Findest du?«, fragte Eva erstaunt. »Schließlich hat er mich hier, als ich ziemlich fertig auf der Insel ankam, wirklich aufgefangen mit seinem Humor und der vielen Zeit, die er mit mir verbracht hat.«

»Männer machen sowas nur, wenn sie sich etwas davon versprechen, das kann ich dir versichern.«

»Soso«, sagte Eva und machte ein gespielt grimmiges Gesicht. »Dann weiß ich ja, was das alles hier zu bedeuten hat. Aber was versprichst du dir?«

»Bei mir ist das natürlich anders ...«, lachte Robert.

»Alles klar«, meinte Eva, »aber du, jetzt muss ich wirklich los in die Dienststelle.«

Sie stand auf und packte ein paar Sachen in ihre Tasche und griff nach ihrer Jacke, die auf dem Stuhl hing.

»Sehen wir uns später?«, fragte Robert und stand in wenigen Schritten neben ihr und strich mit seinen Fingern über ihren Nacken.

»Wenn du mich so fragst, ja«, hauchte Eva und sie küssten sich zum Abschied.

Verdammte Axt, dachte sie, als sie endlich alleine in ihrer Dienststelle war. Sie hätte vor Freude hüpfen mögen, sah sich kurz um und tat es dann auch. Wieso hatte es nur so lange gedauert, bis sie endlich zusammen waren? Und vor einiger Zeit, da hatte sie ihn sogar noch in Verdacht gehabt, etwas mit dem Tod von Claire Freitag zu tun zu haben. Verrückte Welt.

So, jetzt ist aber Schluss, mahnte sie sich selbst und setzte sich an ihren Schreibtisch.

Auch wenn sie es nur ungern zugab, sie sah keinen Weg mehr, um noch weiter nach Steffie zu suchen. Sie hatte sich damit praktisch abgefunden, dass Ulrike mit dem Kind untergetaucht war, auch wenn sie immer noch Zweifel hegte, dass Henny Bartjen unschuldig sein sollte an der ganzen Sache.

Die Großmutter hatte die Insel verlassen. Eigentlich waren jetzt alle drei, die sie so lange in Atem gehalten hatten, einfach wieder weg. Es fühlte sich komisch an, zu keiner Lösung des Falles gekommen zu sein. Doch wenn Menschen nicht gefunden werden wollten, dann konnte man sich auf den Kopf stellen, hatte Ole so treffend formuliert. Auch mit einem mulmigen Gefühl in der Magengegend musste sie sich langsam von dem Fall verabschieden.

Weitere Befragungen von Gästen, die mit den unterschiedlichsten Fähren auf die Insel gekommen oder wieder nach Bensersiel rübergefahren waren, hatten absolut nichts ergeben. Es war schon fast, als hätte es Steffie nie gegeben. Wie hatte Ulrike es bloß angestellt, sie auf der Fähre verschwinden zu lassen? Oder schon am Fähranleger in Bensersiel? Ja, eigentlich musste sie es bereits auf dem Festland gemacht haben. Und dieser fremde Mann, dem sie das Kind angeblich übergeben hatte, der steckte mit ihr unter einer Decke. Doch auch er war unauffindbar. Oder es gab ihn vielleicht gar nicht.

Es schoben sich dunkle Wolken am Himmel entlang, als Eva aus dem Fenster sah. Bald würde es die ersten schweren Herbststürme geben, an die sie sich mittlerweile gewöhnt hatte. Sie mochte das raue Seeklima und wäre eigentlich nicht auf die Idee gekommen, Langeoog wieder zu verlassen. Jedenfalls bis gestern, als Robert ihr plötzlich um den Hals gefallen war. Das machte alles anders. Spielte die Karten neu aus. Was war, wenn er mit ihr zusammenleben wollte, aber nicht auf Langeoog? Sie konnte sich nicht vorstellen, dass er zu ihr auf die Insel ziehen würde. Was sollte er denn hier machen? Ständig nur Saisonjobs annehmen und den Rest der Zeit am Strand verbringen? Das war bestimmt nicht sein Ding. Und sie stellte fest, dass sie eigentlich noch viel zu wenig über Robert wusste. Vielmehr fühlte sie, dass sie Seelenverwandte waren. Und es würde jetzt bestimmt ein großes Abenteuer werden, dem anderen zu vertrauen, ihm immer näher zu kommen und schließlich zu wissen, dass alles so hatte kommen müssen, weil sie füreinander bestimmt waren.

Drei Monate später

Eva hatte die letzten Wochen wie durch eine rosarote Brille erlebt. Als Jürgen davon erfahren hatte, dass sie und Robert jetzt ein Paar waren, da hatte er doch tatsächlich gesagt, dass er es schon immer geahnt hätte, dass zwischen ihnen beiden eine ganz besondere Stimmung herrschte. So war Jürgen. Es gab kaum jemanden, den Eva kannte, der so von sich überzeugt war. Manchmal wünschte sie sich auch dieses Selbstvertrauen.

Doch Robert erwartete komischerweise gar nicht von ihr, dass sie ihm den ganzen Tag die starke Frau vorspielte. Bei ihm konnte sie schwach sein, ohne klein zu wirken. Nein, vielmehr weckte er in ihr das Gefühl, dass man stark war, wenn man zu seinen Schwächen stand. Das tat verdammt gut.

Er war dann doch drei Wochen auf Langeoog geblieben und sie hatten die gemeinsame Zeit in vollen Zügen genossen.

»Eva, ich habe irgendwie Sehnsucht nach dem Festland«, hatte er eines Abends bei einem Glas Rotwein in einem heimeligen Restaurant zu ihr gesagt und sie hatte verstanden. »Du kannst mich ja auch besuchen kommen«, hatte er gemeint. »Schließlich hast du aktuell keinen Fall hier auf der Insel.«

Damit hatte er natürlich recht gehabt.

Und so hatten die beiden Silvester in aller Ruhe auf seinem Hof in Tannenhausen verbracht. Er hatte Käsefondue vorbereitet und sie tranken Weißwein, bis sie um Mitternacht mit Champagner anstießen.

»So schön habe ich den Jahreswechsel noch nie erlebt«, sagte Eva ehrlich. »Und das habe ich nur dir zu verdanken.«

Ihr standen dabei Tränen in den Augen, die Robert mit sanften Küssen wegwischte.

Noch nie hatte sie so viel Zärtlichkeit durch einen Mann erlebt. Manchmal, da beschlich sie das Gefühl, dass alles nur ein wunderschöner Traum sein könnte. Doch dann wachte sie in seinen Armen auf.

Sie konnten über so vieles reden. Abende, ja auch Nächte verbrachten sie damit, über das, was sie beide in frühester Jugend erlebt hatten, zu sprechen. Und sie ließen nichts aus. Es tat oft weh, rührte sie beide zu Tränen, und doch war es auch gut, dass sie mit jemandem über Dinge sprechen konnten, die ganz tief in ihrer Seele schlummerten und immer wieder giftige Pfeile in die Außenwelt schossen.

»Ich fühle mich mit dir so anders«, sagte Eva eines Abends. »Ich kann das gar nicht richtig erklären, aber ich fühle mich irgendwie so echt.«

Er lächelte sie an. »Das geht mir auch so. Ich habe noch nie jemanden getroffen, mit dem ich so offen habe sprechen können. Es ist, als ob ich vor dir gar keine Hemmungen haben muss.«

»Das musst du doch auch nicht ... aber ich weiß, was du meinst. Das liegt sicher daran, dass wir ähnlich geprägt wurden von deinen Eltern. Du mehr, als ich.«

»Ich habe mir oft gewünscht, dass ich alles vergessen könnte«, sagte Robert lakonisch. »Doch irgendwann musste ich einsehen, dass da alle Verdrängungsmechanismen versagen. Desto mehr ich es versuchte, um so kaputter fühlte ich mich hinterher.«

»Ich liebe dich«, sagte Eva.

»Das sagst du zum ersten Mal«, erwiderte Robert. »Und ich liebe dich auch.«

Und Eva liebte es auch, ihn dabei zu beobachten, wenn er in ein dickes Buch vertieft vor dem alten Kaminofen saß. Hin und wieder schmunzelte er, weil er offensichtlich auf eine amüsante Textstelle gestoßen war. Dann bildeten sich fast unsichtbare Grübchen in seinen Wangen, die ihn aussehen ließen wie einen kleinen Jungen. Es war nicht das erste Mal, dass sie dabei an Jan Krömer, den Kollegen aus Aurich, denken musste. Auch er hatte ihre Seele berührt, als sie sich kurz bei gemeinsamen Fällen getroffen hatten. Vielleicht wäre sogar etwas aus ihnen beiden geworden, wenn ... ach, sie wollte jetzt nicht an Jan denken. Sie hatte Robert. Und das war das Schönste, was ihr jemals passiert war.

»Was denkst du gerade?«, fragte Robert und legte sein Buch zur Seite.

»Ach, nicht so wichtig«, wich sie aus und bekam rote Wangen.

»Ich merke doch, dass du mich beobachtest, wenn ich lese«, sagte er und schmunzelte. »Und es gefällt mir.«

»Echt?«

»Ja, denn ich bin bisher immer ausgewichen, wenn mich jemand länger als drei Minuten angesehen hat. Es war mir unangenehm, ich kann gar nicht sagen, warum eigentlich. Doch ich wollte nicht, dass sich jemand an mir festsaugt. Doch wenn du das machst, dann ist das Interesse, das du mir damit entgegenbringst, ein unbeschreiblich schönes Gefühl.«

Eva stand auf und ging zu ihm herüber.

»Lass uns ein wenig spazieren gehen«, sagte sie, »es ist gerade frischer Schnee gefallen.«

Wieder auf Langeoog

Natürlich, irgendwann musste Eva zurück auf ihre kleine Insel. Ihr Chef in Osnabrück hatte ihre lange Abwesenheit toleriert, weil sie damit argumentiert hatte, dass sie sonst eigentlich nie Urlaub gemacht hatte bisher, bis auf die Zeit, wo sie nach Schweden zu ihrer Mutter gefahren war. »Auf einer Insel ist man praktisch immer im Einsatz«, hatte sie am Telefon gesagt, »ich kann dem Dienst hier nur schwerlich ausweichen und abschalten.«

Der Chef hatte ihr recht gegeben. Und das hatte er wohl auch getan, weil er es gewesen war, der sie nach Langeoog versetzt hatte. Er war tatsächlich in Braunschweig immer weiter aufgestiegen und leitete jetzt den gesamten Osnabrücker Bezirk.

Man trifft sich immer zweimal im Leben, dachte Eva. Sie brauchte sich nicht vor ihm zu verstecken und sie nahm es ihm auch nicht mehr übel, dass er ihr damals die Versetzung einfach vor den Kopf geknallt hatte.

Die Liebe zu Robert hatte sie versöhnlicher gemacht. Verletzungen taten wohl nicht mehr so weh, wenn man jemanden an seiner Seite wusste, der einen so liebte, wie man eben war.

Robert war auf seinem Hof in Tannenhausen geblieben und er hatte versprochen, sobald wie möglich zu ihr auf die Insel zu kommen, als er sie zum Fähranleger in Bensersiel brachte. Sie hatte ihm von der Fähre aus lange zugewunken wie eine Touristin. Hinterher musste sie schmunzeln. Verliebtheit machte alle Menschen gleich.

Der Februar zeigte sich überraschenderweise von seiner angenehmen Seite in diesem Jahr. Es war zwar kalt, hin und wieder ging ein launiger Wind, doch die Sonne machte alles wett. Sie strahlte vom blauen Himmel, als Eva mutterseelenallein am Strand spazieren ging. Sie war allein, doch sie fühlte sich nicht mehr so. Da war jemand, der jetzt an sie dachte.

Wie würde es wohl mit ihr und Robert weitergehen? In ihrem Alter dachte man schon darüber nach. Wie viel Zeit blieb ihr noch für ein gemeinsames Glück? In einer Woche wurde sie fünfzig. Sie hatte mit niemandem darüber gesprochen. Sie wollte kein Fest. Sie hatte sich vorgenommen, sich eine Flasche Champagner zu kaufen und diese bei einem schönen Dinner in ihrer Wohnung zu trinken. Das war, als sie noch ohne Robert zurechtkommen musste. Er hatte bei seiner Abreise auch nicht von ihrem Geburtstag gesprochen. Sicher hatte er völlig vergessen, wann der war. Und eigentlich spielte so ein Tag im fortgeschrittenen Alter auch gar keine Rolle mehr.

Doch für Eva war der Schritt von den Vierzigern zu fünfzig doch ein emotional bewegender Moment. Fünfzig klang so alt. Auch wenn sich dadurch natürlich überhaupt nichts in ihrem Leben ändern würde. Doch da war etwas anderes, das dieses Gefühl verstärkte. Sie wurde eine alte Frau. Doch sie war verliebt. Dieser Gedanke zauberte ein Lächeln in ihr Gesicht. Mit dem Schuh zog sie ein Herz in den Sand.

Als sie wieder aufsah, bemerkte sie, dass sie nicht mehr alleine am Strand unterwegs war. In einiger Entfernung liefen zwei Menschen. Von der Statur her hätten es wohl eine Frau und ein Kind sein können. Es gab nicht viele Menschen, die um diese Zeit hier Urlaub mit ihren Kindern machten, dachte Eva. Vielleicht waren sie Gäste des Kurhauses.

Die beiden kamen direkt auf Eva zugelaufen. Das Kind, ein Mädchen, erkannte Eva jetzt, trug eine Puppe im Arm, deren Kopf Schutz in der Armbeuge des Kindes fand. Das Kind selbst trug einen roten dicken Anorak, dessen Fell an der Mütze kaum mehr freiließ als den Blick nach vorne.

Die Mutter hatte einen blauen Parka an und auch sie trug die Kapuze bis tief in die Stirn.

Die beiden sahen aus, als könnte sie nichts auf der Welt mehr auseinanderbringen. Und Eva fragte sich, warum sie das dachte. Vielleicht lag es daran, dass die Mutter das Kind fest bei der Hand hielt. Für gewöhnlich liefen Kinder kreuz und quer am Strand, während die Eltern sie sicher im Blick behielten. Es mochte am kalten Wetter liegen. Vielleicht war das Kind auch nicht so abenteuerlustig wie andere. Doch noch etwas anderes fiel Eva auf. Beide Gesichter, auch wenn sie nur wenig zu sehen waren, machten einen traurigen Eindruck. Und eigentlich liefen beide mit gesenktem Blick. Ob es ihnen nicht gutging? Auch wenn es erst früh im Jahr und Winter war, so bot die Sonne doch genügend Wärme, so dass man sich nicht so einmummen und aneinander ketten musste.

Ob sie die Mutter fragen sollte, ob alles in Ordnung war, wenn sie auf gleicher Höhe waren?

Doch soweit kam es nicht. Etwa hundert Meter, bevor die Drei einander begegnen konnten, da drehte die Mutter urplötzlich um und zog das Kind praktisch mit herum, so dass das Mädchen beinahe die Puppe hätte fallenlassen. Warum tat die Mutter das?

Und im nächsten Moment stand Eva wie erstarrt. Sie hätte schwören können, dass die Frau dort vorne, die immer schneller lief und jetzt praktisch mit ihrer Tochter davonrannte, Ulrike gewesen war.

Der 18. Februar 2018

Es hätte ein Sonntag wie jeder andere sein können. Eva war die ganze letzte Woche stundenlang am Strand entlanggelaufen, durch die Straßen getigert, um nach Ulrike und Steffie Ausschau zu halten.

Doch sie hatte die beiden nicht wiedergesehen. Mittlerweile glaubte sie sogar an eine ostfriesische Fata Morgana, die ihr das Licht der Sonne im Zusammenspiel mit der aufschäumenden Gischt gespielt hatte.

Wie aus dem Nichts, aus dem die beiden gekommen waren, waren sie auch wieder verschwunden.

Und vielleicht war es ja auch gar nicht Ulrike gewesen. Doch warum war sie dann mit dem Kind so plötzlich davongelaufen?

Natürlich, alles hätte eine normale Erklärung haben können. Der Mutter war etwas eingefallen. Zum Beispiel ein Termin in der Kurklinik, den sie um ein Haar verpassen würden. Das könnte sein.

Und dass es Ulrike gewesen war, wurde durch nichts außer Evas Phantasie belegt.

Auch an diesem Sonntag wäre Eva unter normalen Umständen wieder losgezogen. Es war kaum etwas los auf der Insel, so dass sie alle Zeit der Welt für lange Spaziergänge hatte.

Doch dieser Sonntag war nicht normal. Sie hatte Geburtstag. Ein Gefühl, das sie wie gelähmt unter der Bettdecke verharren ließ. Fühlte sie sich anders an, jetzt, wo sie fünfzig war? Natürlich nicht. Holte sie schwerer Luft? Eva machte ein paar schnellere Atemzüge. Alles schien in Ordnung zu sein.

Sie hob ihren rechten Arm und ballte eine Faust. Auch okay. Dann zog sie das linke Bein an und es quietschte nicht im Knie. Sie musste über sich selbst lachen. Sie war jetzt fünfzig, na und?

Sie warf die Bettdecke zur Seite und ging ins Bad. Gleich würde sie sich erst einmal mit einem schönen ausgiebigen Frühstück belohnen, dass sie so lange durchgehalten hatte. Und vielleicht würde sie auch jetzt schon den Champagner zur Feier des Tages öffnen.

Als sie im Bad fertig war, spielte sie zunächst mit dem Gedanken, sich schöner anzuziehen, doch dann schlüpfte sie wie gewohnt in ihren alten Jogginganzug. Man konnte es auch übertreiben. Und feiern wollte sie doch auch gar nicht.

Sie machte sich einen Kaffee, legte die Brötchen von gestern auf den Toaster und kochte sich ein Frühstücksei.

Dabei summte sie ein Lied, das Robert und sie gerne zusammen hörten.

Er hatte gestern noch angerufen. Nein, eigentlich rief er jeden Abend an. So auch gestern. Und er hatte nichts von ihrem Geburtstag erwähnt. Er wusste wohl wirklich nicht, was heute los war. Auf der einen Seite, da nahm sie es ihm schon ein wenig übel. Jedenfalls für einen kurzen Moment. Doch auf der anderen Seite hielt sie ihm zugute, dass er sich offensichtlich nicht die Bohne dafür interessierte, wie alt sie gerade war. Robert hatte am zweiten November Geburtstag. Sie wusste das noch von früher. Doch Männer interessierten sich nicht für solche Daten. Auch nicht für Sternzeichen. Also Schwamm drüber. Er hatte gesagt, dass er spätestens am kommenden Mittwoch nach Langeoog kommen würde. Darauf wollte sie sich jetzt freuen, beschloss sie und genoss ihr Geburtstagsfrühstück und stieß mit einem Glas Champagner in Gedanken mit Robert an.

Draußen war der Himmel heute wolkenverhangen. Das passte eigentlich zu diesem Tag. Fünfzig. Immer wieder kreiste diese Zahl in ihrem Kopf. Und doch war eigentlich alles wie immer, nur mit dem Unterschied, dass sie sich albern benahm und Champagner zum Frühstück trank und sich den Kopf darüber zerbrach, warum niemand außer ihr dasselbe tat.

Ich bin albern, dachte sie. Jetzt ist Schluss mit dem Blödsinn. Sie räumte den Tisch ab und stellte den Champagner in den Kühlschrank zurück, den sie auf jeden Fall am Abend leeren wollte, bevor er seine Kohlensäure verlor. Das wäre einfach zu schade ums Geld.

Dick eingemummt in eine weiche Jacke mit Schal und Mütze machte sie sich auf den Weg an den Strand. Die Sonne ließ sich nicht blicken und der Wind schlug ihr ins Gesicht. Das Meer wurde in großen Wogen Richtung Strand gepeitscht und lief dann friedlich kurz vor ihr aus. Sie hatte sich für Gummistiefel mit dicken Socken entschieden und ging einige Schritte dem Wasser entgegen. Sie liebte dieses Gefühl. Diese herbe Kälte. Hier bekam man den Kopf von lästigen Gedanken frei.

Als sie eine gute Stunde am Strand entlanggelaufen war, wurde es ihr dann doch ein bisschen zu kalt. Die Sonne, auf die sie immer noch gehofft hatte, blieb im Verborgenen.

Also ging Eva wieder zu ihrer Wohnung zurück. Vielleicht würde sie gleich ein Buch lesen oder einfach noch ein wenig schlafen. Am Mittwoch kommt Robert, dachte sie erneut und rief sich den letzten schönen Abend in Erinnerung, den sie mit ihm in Tannenhausen verbracht hatte. Das Leben schlug wirklich bizarre Kapriolen. Der junge Mann, dem sie damals oft am liebsten den Hals umgedreht hätte, weil er immer so eingebildet und überheblich wirkte, er war der Mann ihres Lebens. Hätte ihr das damals jemand gesagt, dann hätte sie ihn für verrückt erklärt. Doch manchmal musste man wohl Umwege ins Glück gehen.

Einer dieser Umwege war Jürgen, dachte sie, als sie endlich wieder zuhause in ihrem kuscheligen Wohnzimmer saß.

Sie hatten sich in letzter Zeit nur eher zufällig gesehen, wenn sie draußen unterwegs war. Dass auch er nicht an ihren Geburtstag dachte, machte sie nachdenklich. Er wusste genau, wann der war. Aber er rief nicht einmal an. War er doch mehr verletzt, als er zugeben wollte? Ach, er hatte doch seine Gerda. Oder hieß sie Gunda?

Na ja, vielleicht war es auch wirklich besser, wenn sie endlich getrennte Wege gingen.

Eva schlug sich ein paar Eier in die Pfanne, schmierte sich dazu zwei Toastbrote und trank dann zum Essen ein weiteres Glas Champagner.

»Auf dich, Eva Sturm«, sagte sie, als sie das Glas hob, »du hast es bis hierher geschafft, dann geht auch noch der Rest.«

Als sie fertig mit dem Essen war und abgeräumt hatte, schnappte sie sich ein Buch und legte sich damit aufs Sofa. Den Autoren kannte sie nicht, doch der Titel »Unter dem Sand« hatte sie gleich angezogen und dann ging es um einen jungen Mann, der erst durch das Tagebuch seiner Mutter die ganze Wahrheit erfährt.

Irgendwann war sie dann wohl eingeschlafen, denn sie wurde von einem durchdringenden Klingeln an ihrer Tür geweckt. Sie brauchte einen Moment, um zu sich zu kommen. Draußen war es schon dunkel und das Wohnzimmer wurde nur von der kleinen Leselampe erhellt.

Jetzt wurde draußen Sturm geklingelt. Ob Robert doch noch auf die Insel gekommen war? Oh Gott, wie sah sie aus? Der alte Jogginganzug und die zerzausten Haare holten sie ein. Sie konnte so doch unmöglich an die Tür gehen. Das Klingeln wurde immer hartnäckiger. Und dann meinte sie, auch Rufe nach ihrem Namen zu vernehmen. Es nützte wohl nichts, sie musste so an die Tür.

Kurz darauf traf sie dann fast der Schlag. Da stand nicht Robert vor der Tür. Jedenfalls nicht nur. Da standen vier Männer und schmetterten »Happy Birthday«, als sie aufmachte.

Robert, Jürgen, Ole und Stiller.

Mein Gott, dachte Eva, ich werde fünfzig und vier Männer jaulen wie streunende Kater vor meiner Tür.

Immer wieder fuhr sie mit ihren Fingern durch ihre Haare. Rieb sich übers Gesicht und zog ihr Oberteil des Jogginganzugs glatt. Eigentlich war die Sache hier peinlich, aber auf der anderen Seite auch urkomisch.

»Hört jetzt endlich auf«, rief Eva bald, »was sollen denn die Nachbarn denken.«

Die Männer verstummten und lachten sie offen an.

»Ihr seid ja völlig verrückt geworden«, tadelte Eva, doch sie musste schmunzeln. »Kommt erst mal rein. Ich muss mich umziehen.«

»Herzlich Glückwunsch«, flüsterte Robert in ihr Ohr, als er an ihr vorbeiging.

»Wir unterhalten uns noch«, witzelte Eva, »mich hier so zu überfahren. Ihr hättet wenigstens Bescheid sagen können.«

»Dann wäre es ja keine Überraschung mehr«, gab Jürgen zu bedenken und klopfte ihr wie einem Kumpel auf die Schulter.

Ole drückte ihr eine Flasche Rum in die Hand »für kalte Tage«, wie er sagte und der Letzte, der ins Haus kam, war Stiller.

Dass er überhaupt hier war, war das eigentlich Merkwürdigste, dachte Eva, als er ihr die Hand gab und sie einen Moment lang nett, aber doch distanziert ansah. »Jürgen hat mich angerufen«, sagte er, als müsse er sich für sein Erscheinen entschuldigen.

»Das hab ich mir gedacht«, erwiderte Eva. »Aber schön, dass du da bist.«

Ach du lieber Gott. Eva schlug die Tür zum Bad hinter sich zu. Eine alte Schachtel mit vier Männern im Haus. Dabei wäre sie jetzt viel lieber mit Robert alleine gewesen. Dass hinter allem Jürgen steckte, war ja klar. Er konnte es einfach nicht lassen, sich in ihr Leben einzumischen. Ein leichter Groll stieg in ihr auf. Und auch Robert nahm sie es ein wenig übel, dass er nicht entsprechend interveniert hatte. Er musste doch wissen, dass sie auf dieses Theater keine Lust hatte.

Sie stellte sich unter die Dusche, um wieder runterzukommen. Irgendwie musste sie durch diesen Abend durch.

»Eva, wir haben uns erlaubt, den Rest Champagner aufzuteilen«, sagte Jürgen lachend, als sie zu den Männern ins Wohnzimmer kam. »Jetzt ist leider nichts mehr da.«

Eva sah in die Männerrunde. Robert war der Einzige, der nicht lachte. Er ahnte, wie es ihr zumute war.

»Aber das ist nicht schlimm, denn wir fünf, wir werden jetzt zusammen in ein schickes Restaurant gehen und deinen Geburtstag feiern«, fuhr Jürgen fort.

Eva stand wie erstarrt.

»Eva? Alles in Ordnung?«, fragte Ole und auch ihm entglitten langsam die Gesichtszüge.

»Ihr glaubt doch jetzt wohl nicht allen Ernstes, dass ich mit vier Männern ausgehe?«, fragte Eva, als sie die Sprache wiedergefunden hatte.

»Aber warum denn nicht?«, johlte Jürgen. »Welche Frau kann das schon von sich behaupten, dass sie mit vier Männern ihren fünfzigsten Geburtstag feiert?«

»Sicher die wenigsten«, konterte Eva, »und ehrlich gesagt möchte ich nicht zu dieser Minderheit gehören.«

Robert sprang ihr zur Seite.

»He, vielleicht war das wirklich eine blöde Idee. Ich möchte an meinem Geburtstag auch nicht von vier Frauen überfahren werden.«

»Nicht?« Jürgen konnte sich gar nicht mehr einkriegen vor Lachen. Offensichtlich hatte er schon vorher ein wenig gefeiert und Alkohol getrunken. Anders ließ sich sein Benehmen wirklich nicht mehr entschuldigen, dachte Eva.

»Ich werde mich dann mal wieder auf den Weg machen«, sagte Stiller und erhob sich vom Sessel. »Alles Gute zum Geburtstag, Eva. Wir sehen uns sicher mal wieder zum Kaffee oder so.«

Stiller ging Richtung Tür und Jürgen versuchte noch, ihn zum Bleiben zu überreden, doch Stiller winkte ab.

»Tja, wenn das so ist«, meinte Ole, »dann sollten Jürgen und ich uns jetzt auch wohl besser vom Acker machen. Nichts für ungut, Eva, es war nur gut von uns gemeint. Aber gut gemeint ist wohl nicht immer gut gemacht.«

Ole stand jetzt im Türrahmen und wartete darauf, dass auch Jürgen endlich Schluss machte mit seinem Theater.

»Ole, schön, dass du da warst, wirklich, darüber freue ich mich, aber ...«, druckste Eva herum.

»Schon gut, ich hätte euch auch alle hochkant rausgeschmissen«, rettete Ole die Situation und alle stimmten in sein Lachen mit ein.

»Jo, dann man los, Ole, wo gehen wir zwei Hübschen denn noch hin?«, fragte Jürgen, der jetzt neben Ole stand, als sei das alles hier nicht auf seinem Mist gewachsen.

»Ihr findet schon was«, sagte Eva und bugsierte die beiden Männer Richtung Tür.

Robert empfing sie im Wohnzimmer mit einer herzlichen Umarmung, als sie zurückkam.

»Alles Liebe zum Geburtstag«, flüsterte er in ihr Ohr. »Ich liebe dich.«

Sie küssten sich, und als Eva sich wieder aus seiner Umarmung gelöst hatte, fragte sie:

»War ich vielleicht zu hart?«

»Nein, du hast völlig recht. Und ich habe das Ganze auch für eine Schnapsidee gehalten, doch ich konnte Jürgen nicht davon abbringen.«

»Hab ich mir gedacht, dass er dahinter steckt. Aber dass ihr alle da mitmacht, das wundert mich schon ein wenig.«

»Ach, nimm es ihm oder auch uns allen nicht übel. Wir mögen dich eben.«

»Hm ... jetzt bekomme ich ein ganz schlechtes Gewissen«, sagte Eva.

»Das brauchst du nicht. Männer sind hart im Nehmen. Wahrscheinlich steuern sie ein nettes Lokal an und feiern für dich mit.«

»Manchmal bin ich vielleicht einfach zu komisch. Jede andere Frau hätte sich bestimmt über so eine Überraschung gefreut. Komm, lass uns gucken, ob wir sie noch einholen können.«

Sie schnappten sich ihre Jacken und gingen nach draußen in die Kälte.

»So viele Möglichkeiten gibt es um diese Jahreszeit gar nicht, hat Jürgen vorhin gesagt«, erinnerte sich Robert, und sie steuerten das Restaurant an.

Und tatsächlich saßen da Jürgen, Ole und Stiller zusammen und hatten bereits ihren Spaß.

»Die lachen bestimmt über mich«, sagte Eva zu Robert, der sie langsam aber sicher in Richtung des Tisches schob.

»Ach was«, machte er ihr Mut.

»Eva?«

Jürgen war der Erste, dem das Lachen im Hals stecken blieb, als er sie und Robert sah.

»He, ich glaub, ich war eben zickig«, sagte Eva. »Eigentlich war es total nett, dass ihr euch alle die Mühe gemacht habt.«

»Quatsch mit Soße«, sagte Jürgen, »kommt her, wir holen noch einen Tisch ran, dann ist es gemütlicher.«

So wurde der Abend dann doch noch gerettet und sie feierten zusammen. Sie stießen auf das Leben an, das einen mit Widrigkeiten aber auch mit angenehmen Momenten überraschte. Sie freuten sich für Eva, dass es ihr auf

Langeoog jetzt doch so gut gefiel und dass sie einen Mann gefunden hatte, der wirklich zu ihr passte.

Eva fand die Situation merkwürdig. Sie hatte was mit Jürgen gehabt, mit Stiller wäre sie fast im Bett gelandet und Ole hatte auch an ihre Tür geklopft. War sie eine Trophäensammlerin? Nein, bestimmt nicht. Und mit Robert, da hatte sie endlich den Mann gefunden, mit dem sie sich vorstellen konnte, neben ihm alt, oder besser gesagt, noch älter zu werden.

Erst weit nach Mitternacht machten Eva und Robert sich schließlich auf den Weg nach Hause. Sie waren mittlerweile in Jürgens Wohnung gelandet, weil das Restaurant dezent darauf hingewiesen hatte, dass ab zweiundzwanzig Uhr eigentlich geschlossen werden sollte. Sie waren da auch nur noch die einzigen Gäste gewesen.

Jürgen hatte nicht locker gelassen, bis alle mit zu ihm gegangen waren. Warum sie eigentlich zusammensaßen, spielte da schon gar keine Rolle mehr.

»Endlich Ruhe«, sagte Eva, als sie neben Robert in ihrem Bett lag.

»Deinen nächsten Geburtstag feiern wir alleine«, sagte er und dafür hätte sie die ganze Welt umarmen mögen. Er plante seine Zeit mit ihr. Das war also das Gefühl, was viele

Paare so ein Lächeln aufs Gesicht zauberte. Diese Beständigkeit, einfach zu wissen, woran man war.

»Aber erst einmal feiern wir deinen«, meinte sie und gab ihm einen Kuss auf die Wange.

Und der Rest ist wie immer Schweigen.

Wieder Alltag

Robert stand noch unter der Dusche und Eva bereitete das Frühstück für sie beide vor. Es war gleich schon zehn und eigentlich hätte sie längst in der Dienststelle sein wollen. Wozu, das wusste sie nicht. Doch es war da dieses Gefühl, dass sie ihren Job endlich mal wieder ernster nehmen sollte.

Robert kam in die Küche und roch nach einem betörenden Herrenduft.

»Guten Morgen, Eva«, sagte er und drückte ihr einen Kuss auf die Wange. Sie sog ihn mit Haut und Haaren ein.

»Wirst du eigentlich noch länger auf der Insel bleiben?«, fragte sie obenhin. Bisher waren sie noch nicht dazu gekommen, darüber zu sprechen.

»Ein paar Tage denke ich schon«, sagte er.

»Das ist schön ...«.

»Wieso fragst du? Ist etwas Besonderes?«

»Nein, es ist nur ... du erinnerst dich doch an das verschwundene Kind, meinen letzten Fall ...«.

»Sicher. Bisher ist sie nicht wieder aufgetaucht. Oder gibt es etwas Neues?«

»Ich weiß nicht.«

»Wie meinst du das?«

»Tja, ich habe noch mit niemandem darüber gesprochen bisher, aber ich glaube, ich habe die Mutter des Kindes, die ja ebenfalls von heute auf Morgen verschwunden war, zusammen mit dem Mädchen am Strand gesehen.«

Jetzt war es raus.

»Du hast sie gesehen?«

»Ich bin mir eigentlich ziemlich sicher.«

»Aber dann ist doch jetzt alles wieder in Ordnung«, meinte Robert und schenkte noch einmal frischen Kaffee nach.

»Na ja, so einfach ist es dann doch nicht. Ich habe die beiden gesehen, da bin ich ganz sicher. Doch als ich versucht habe, sie einzuholen, da waren sie plötzlich verschwunden. Ich habe nach ihnen gerufen, doch sie haben nicht reagiert, sondern sind regelrecht weggerannt.«

»Das ist ja seltsam.«

»Finde ich auch. Und so einfach ist die Sache auch nicht aus der Welt zu schaffen. Schließlich war das Kind wohl entführt worden. Und dann verschwand auch die Mutter, so dass eigentlich alles darauf hindeutete, dass sie mit dem Mädchen untertauchen wollte. Insofern liegt natürlich ein ermittlungsrelevanter Fall vor, den ich weiter verfolgen muss.«

»Aber du könntest die Sache auch auf sich beruhen lassen. Anscheinend wollen sie nicht gefunden werden. Vielleicht ist die Mutter ja auch weggerannt, weil sie gemerkt hat, dass du sie erkannt hast. Sie fürchtet sich vor den Folgen, nehme ich an.«

»Das ist gut möglich. Aber es ist doch komisch, dass sie dann noch immer hier auf Langeoog sind. Ich meine, wenn die Mutter mit ihr untertauchen wollte, dann wäre sie ja ganz schön dumm, ausgerechnet hier auf der Insel zu bleiben.«

»Das ist allerdings wahr«, meinte Robert nachdenklich. »Hast du schon versucht, sie hier auf der Insel zu finden?«

Eva seufzte. »Ja, ich bin eine Woche lang wie ein Tiger über die Insel getapert. Doch ich habe sie nicht wiedergesehen.«

»Sie könnten mit der Fähre rüber aufs Festland sein.«

»Schon klar. Doch die Frage bleibt, warum sie überhaupt noch hier waren. Und deshalb denke ich, dass sie noch hier sind. Verstehst du?«

Robert nickte.

»Dann bleibt dir wohl nichts anderes übrig, als weiter Augen und Ohren offen zu halten.«

»Tja, und wenn erst der Besucheransturm wieder losgeht, dann wird die Sache nicht gerade leichter.«

»Was also hast du vor?«

»Ich denke, ich werde die Mutter von Ulrike noch einmal kontaktieren. Wenn sie etwas weiß, dann wird sie sich vielleicht verplappern.«

»Gute Idee. Wo wohnt sie denn?«

»In Esens.«

»Na, das ist doch die Gelegenheit, mal wieder zu mir aufs Festland zu kommen«, erwiderte Robert gutgelaunt.

»Du hast recht«, sagte Eva. »Ich packe gleich mal ein paar Sachen.«

In Esens

Eva hatte schon dreimal geklingelt und entsprechende Wartepausen dazwischen eingelegt, doch die Tür zu Henny Bartjens Haus blieb geschlossen.

Dann versuche ich es eben später noch einmal, dachte Eva. Vielleicht hätte sie doch auf Robert hören sollen, der angeboten hatte, hier auf sie zu warten, bis sie mit dem Gespräch fertig war. Doch jetzt war es zu spät. Er war sicher schon ein gutes Stück gefahren. Sie wollte ihn jetzt nicht anrufen, damit er umkehrte.

Sie sah sich um. Bis in die Stadt war es noch ein ganz schöner Fußmarsch. Doch das Wetter war gut, also blieb ihr wohl nichts anderes übrig. Dass sie unterwegs auf ein Taxi traf, war so wahrscheinlich wie ein Lottogewinn.

Sie wandte sich zum Gehen, als sie plötzlich eine Stimme hinter sich hörte.

»Frau Sturm? Was machen Sie denn hier?«

Eva drehte sich wieder um.

»Frau Bartjen?«

Sie erkannte die gepflegte Frau, die Ulrikes Mutter eigentlich war, kaum wieder. Die Haare hingen ihr ungepflegt ums Gesicht, sie war weder geschminkt, noch vernünftig angezogen. Sie sieht aus wie ich, wenn ich niemanden erwarte, dachte Eva irritiert.

»Frau Bartjen«, nahm Eva den Faden wieder auf, »kann ich vielleicht kurz hereinkommen?«

»Sicher. Aber worum geht es denn? Haben Sie etwa Steffie gefunden?«

Kein Wort zu ihrer Tochter, registrierte Eva. Also alles beim Alten.

»Mir wäre es lieber, wenn wir uns drinnen unterhielten«, sagte Eva.

»Kommen Sie ruhig herein«, bot Henny an, »aber wundern Sie sich nicht, ich habe heute noch nicht aufgeräumt.«

Und das war wohl maßlos untertrieben. In dieser Wohnung war schon seit Wochen nicht mehr aufgeräumt worden, das sah man sofort. Überall standen Kartons, Flaschen oder sonstiger Krimskrams herum. Es sah verheerend aus. Und unter all dem Durcheinander, da konnte man die stilvolle Einrichtung, die diese Wohnung sonst bestimmt in ein anderes Licht tauchte, durchaus erahnen.

Henny führte Eva in eine gemütlich kleine Küche, wo das Geschirr sich auf der Spüle bis unter den Hängeschrank stapelte.

»Möchten Sie Tee oder lieber Kaffee?«, fragte Henny und zog sich mit letzter Kraft zur Küchenanrichte.

Jedenfalls machten ihre zaghaft verkrampften Bewegungen den Eindruck, als läge sie in den letzten Zügen.

»Kaffee wäre schön«, antwortete Eva und nahm auf dem letzten freien Stuhl am Tisch Platz. Auf den anderen lagen Geschirrtücher oder Zeitungen gestapelt.

Was war aus der überaus lebenslustigen und Männer verschlingenden Frau geworden?

Henny setzte den Kaffee an und stellte zwei Becher neben die Kaffeemaschine. Dann kam sie zu Eva an den Tisch, räumte die Zeitungen zusammen, legte diese achtlos auf den Boden und setzte sich auf den frei gewordenen Stuhl Eva gegenüber. Und sagte nichts.

»Wie geht es Ihnen, Henny?«

Henny zuckte mit den Schultern. »Ich weiß es nicht ... mein Leben ist sinnlos geworden. Da muss ich auch wohl nichts beschönigen, Sie haben ja schließlich Augen im Kopf.«

»Es tut mir leid«, sagte Eva aufrichtig. »Auch, dass wir Ihre Enkelin und Ihre Tochter nicht finden können.«

Henny machte eine wegwischende Handbewegung. »Ulrike ist für mich gestorben. Wie kann sie so herzlos sein und einer Großmutter das Enkelkind wegnehmen? Sie weiß doch genau, wie sehr ich an dem Kind hänge. Das ist die Höchststrafe, glauben Sie mir.«

»Sie denken also auch, dass Ulrike hinter dem Verschwinden von Steffie steckt?«

»Sicher. Warum sonst ist sie denn auch spurlos verschwunden? Da kann nur dieses Miststück dahinter stecken. Sie will mir damit eins auswischen, weil ich ihr angeblich keine gute Mutter war, oder weiß der Teufel, was diesem Weib durch den Kopf spukt.«

Der Kaffee war fertig und Henny schenkte die Becher voll und kam damit zurück an den Tisch.

»Brauchen Sie Milch und Zucker?«

»Nein danke, ich trinke lieber schwarz.«

»Tja«, machte Henny, als sie sich wieder gesetzt hatte. »Und warum sind Sie jetzt hier?«

Eva wollte es ihr gerne auf die schonende Art beibringen, dass sie Ulrike gesehen hatte. Und außerdem gab es da ja noch letzte Zweifel, dass sie es wirklich gewesen war.

»Henny, ich glaube, ich habe Ulrike und Steffie gesehen.«

Das Gesicht von Henny veränderte sich von einer Sekunde zur anderen in tausend Fragezeichen.

»Gesehen? Wo?« Mehr konnte sie gar nicht sagen.

»Auf Langeoog am Strand«, antwortete Eva. »Vor guten zwei Wochen ist das gewesen. Ich war alleine am

Strand unterwegs und da habe ich in einiger Entfernung zwei Gestalten gesehen ...«.

»Gestalten?«

»Nun ja, sie waren weiter weg, wie gesagt. Sie kamen mir entgegen. Und kurz, bevor wir uns hätten begegnen müssen, da ist die Frau plötzlich umgedreht und mit dem Kind davongelaufen. Und ich bin mir ziemlich sicher, dass es sich bei der Frau um Ulrike und bei dem Kind um Steffie gehandelt hat.«

»Ziemlich sicher? Wissen Sie eigentlich, was Sie da gerade sagen?«

Eva nickte. »Durchaus. Es ist mir klar, dass ich damit alte Wunden aufreiße, aber trotzdem wollte ich gerne noch einmal mit Ihnen darüber sprechen.«

»Ich brauch einen Cognac«, sagte Henny und stand auf. »Sie auch?«

»Ja, warum nicht«, antwortete Eva. Wenn sie in dieser Frau eine Verbündete gewinnen wollte, dann musste sie jetzt etwas mit ihr trinken.

»Prost«, sagte Henny kurz darauf und drückte Eva ein schweres Glas in die Hand.

»Zum Wohl.«

Die beiden Frauen sahen sich an.

»Glauben Sie wirklich, dass ich meine Enkelin jemals wiedersehen werde?«, fragte Henny.

»Sie sollten daran glauben«, wich Eva aus, »schon alleine wegen Steffie.«

Henny schluchzte schmerzerfüllt auf.

»Wie die Kleine jetzt wohl aussieht? Kinder wachsen doch so schnell.«

»Können Sie sich erklären, warum die beiden noch auf der Insel sind?«, fragte Eva, die jetzt endlich Nägel mit Köpfen machen wollte.

»Ulrike war schon immer komisch«, antwortete Henny lakonisch, »aber so dumm war sie eigentlich nie. Ich meine, wie bescheuert ist das denn, wenn man auf der gleichen Insel bleibt, auf der die Polizei nach einem vermissten Kind fahndet?«

»Eben. Das war auch mein erster Gedanke«, stimmte Eva zu.

»Ulrike wäre bestimmt nach unten in den Süden gegangen. Eigentlich hat es ihr da immer besser gefallen als in Ostfriesland. Als sie noch Single und Steffie nicht geboren worden war, da ist sie immer mit irgendwelchen Typen bis nach Italien oder Spanien runtergetrampt. So eine war Ulrike, die hat sich nie um irgendetwas Sorgen gemacht. Ich meine, da kann doch so viel passieren unterwegs ...«.

»Es gibt solche Menschen«, meinte Eva, »und auch ich halte Ulrike nicht für so dumm. Also muss es einen anderen Grund dafür geben, dass sie noch auf Langeoog ist.«

»Tja, offensichtlich.«

Henny wirkte gelöster, seitdem sie die vage Hoffnung hatte, dass Steffie wirklich nichts Schlimmeres passiert war.

»Aber sie glauben doch wohl nicht, dass ich etwas damit zu tun habe, oder?«, schob sie hinterher.

So, wie es hier aussieht, sicher nicht, dachte Eva.

»Nein, eigentlich nicht«, antwortete sie. Ich werde die ganze Insel und jedes Haus darauf auf den Kopf stellen, bis ich Ulrike und Steffie gefunden habe, dachte sie bei sich. Sie wusste instinktiv, dass sie hier in Esens bei Henny ihre Zeit verschwendete. Aber für ihr weiteres Vorgehen war es wichtig gewesen, hierher zu kommen.

»Sagen Sie Bescheid, wenn Sie Steffie haben?«, fragte Henny ängstlich, als Eva nichts mehr sagte.

»Auf jeden Fall«, beruhigte Eva sie. »Sie werden als Erstes davon erfahren.«

Eva verließ das Haus mit gemischten Gefühlen. Es braute sich ein ganz dumpfes Gefühl in ihr zusammen. Sie musste unbedingt zurück nach Langeoog.

Draußen auf der Straße zog sie ihr Handy aus der Tasche, um Robert zu informieren, dass sie sofort wieder auf die Insel rübermusste. Er benahm sich so, wie sie es sich gewünscht hatte. Weder machte er sich wie von Sinnen auf den Weg, um sie sofort zu begleiten, weil man sie kaum aus den Augen lassen konnte, noch riet er ihr, auf sich aufzupassen bei den weiteren Ermittlungen. Er nahm sie einfach ernst.

Sie vereinbarten, dass sie ihn besuchen käme, sobald die Sache auf Langeoog geklärt sei.

Dann rief Eva sich ein Taxi und fuhr zum Fähranleger in Bensersiel.

Auf die nächste Fähre musste sie noch über eine Stunde warten. Und diese Zeit nutzte Eva, um sich vorzustellen, wie die ganze Sache mit Steffie und Ulrike vor fast einem halben Jahr hier wohl abgelaufen sein mochte. Sie sah eine verzweifelte Frau am Fähranleger stehen, die einem Schiff hinterhersah, auf dem ihr geliebtes Kind mit den Wellen davongetragen wurde. Ja, so konnte es gewesen sein. Sie hatte den Rucksack mit dem Teddy Abby in der Hand und rief nach ihrem Kind. Das musste eine Mutter doch verrückt gemacht haben, dachte Eva.

Und diese Einschätzung wurde ja auch durch das erste Zusammentreffen mit Ulrike bestätigt, als sie sie verzweifelt am Alten Hafen von Langeoog das erste Mal gesehen hatte. Sie war verrückt vor Sorge gewesen, als sie dort im Gras saß. Aber konnte das alles nur gespielt gewesen sein? Mütter waren zu allem fähig, wenn es um ihre Kinder ging.

Und dann Henny. Die Großmutter ließ sich gehen und kümmerte sich um gar nichts mehr vor lauter Schmerz, ihre Enkelin verloren zu haben. Ihre eigene Tochter ging ihr dabei am Allerwertesten vorbei. Wie konnte eine Frau auf der einen Seite so liebend und auf der anderen so voller Verachtung sein?

Diese Familie schien ein Bündel von Gefühlswallungen zu sein.

Ulrike ritzte sich die Haut auf, um sich besser zu fühlen. Henny soff den ganzen Tag, weil sie Steffie vermisste. Und das Kind? Wie ging es Steffie eigentlich in diesem ganzen Hickhack zwischen ihrer Mutter und der Großmutter? Vielleicht hatte sie gelitten und Ulrike hatte in der Flucht die einzige Möglichkeit gesehen, ihr zu helfen.

Und am Ende blieb die große Frage unbeantwortet, warum sie dann ausgerechnet mit Steffie auf Langeoog geblieben war. Das machte einfach keinen Sinn.

Eva ging wieder hinein und betrat die Damentoilette, wo Ulrike angeblich den Rucksack ihrer Tochter gesucht und gefunden hatte. Wenn ihre Theorie stimmte, dann war das gelogen gewesen. Denn wenn Ulrike alles eingefädelt hatte, dann gab es keinen Grund, hier einen Rucksack zu platzieren. Dann war die Geschichte mit dem vergessenen Teddy erfunden worden, um die Fähre zu verpassen. Aber warum das Ganze, wenn sie sowieso vorhatte, mit Steffie zu verschwinden? Sie hätte doch einfach nicht auf die Insel fahren brauchen, auf der ihre Mutter in dem Ferienhaus wartete, sondern sich in den nächstbesten Zug setzen und Richtung Süden fahren. Henny hätte am Fähranleger gewartet und hätte keine Chance gehabt, die beiden noch zu finden.

Wenn also Ulrike alles eingefädelt hatte, warum war sie dann überhaupt diesen steinigen Weg gegangen, anstatt einfach abzuhauen, als sie alle Zeit der Welt dafür gehabt hatte?

Dafür konnte es nur eine Erklärung geben, auch wenn sie etwas spektakulär, ja fast krankhaft war. Sie hatte ihrer Mutter all das Theater vorgespielt, damit dieser das Herz brach. Bei einem einfachen Verschwinden, da hätte Henny zwar gelitten, aber nicht auf so, wie wenn sie glaubte, dass Steffie vielleicht ertrunken war. Auf perfide Weise eingefädelt. Ulrike musste wirklich wahnsinnig gestört sein.

Eva sah auf ihre Uhr. Die Fähre musste gleich kommen. Sie hatte sich bereits eine Fahrkarte gekauft und wartete jetzt draußen in einem der Strandkörbe. Es hatten sich schon einige Gäste, die auch rüber auf die Insel wollten, versammelt. Es gab immer wieder Menschen, die sich in Reihen aufstellten, obwohl sie alle das gleiche Ziel hatten und jeder wusste, dass er mitkommen würde. Eva hatte dieses Verhalten noch nie verstanden. Sie wartete lieber oben, bis die Fähre einlief.

Dann war es endlich soweit. Der Eingang wurde geöffnet und die Gäste strömten an Bord.

Eva entschied sich für einen Platz an Deck, weil die Sonne hoch am Himmel stand. Es tat gut, die Wärme auf der Haut zu spüren. Sie schloss die Augen und versuchte jetzt, sich vorzustellen, wie Steffie sich gefühlt haben musste, hier so ganz alleine auf der Fähre. Aber so ganz alleine war sie nicht gewesen. Da stand immer noch dieser ältere Mann im Raum, der wohl mit Ulrike unter einer Decke gesteckt haben musste. Er hatte sich um Steffie gekümmert und auf der Insel in ein sicheres Versteck gebracht. So könnte es gewesen sein.

Und dann hatte Ulrike ihr perfides Spielchen mit Henny gestartet. Möglicherweise hatte sie Steffie sogar noch einmal von Bensersiel aus zugewunken. Was hatte sie ihrer Tochter wohl erzählt? Dass es sich um ein kleines Räuber- und Gendarmenspiel handelte? Für so etwas waren Kinder sicher immer zu haben.

Die Sonne wurde von einer Wolke in die zweite Reihe geschoben und augenblicklich wurde es kühler. Eva dachte sogar daran, jetzt unter Deck zu gehen, als sie eine ältere Dame beobachtete, die stoisch aufs Meer sah, das gegen die Fähre peitschte. Irgendwie kam sie ihr bekannt vor. Aber warum?

Und dann wusste Eva es. Sie hatte sich damals nach dem Verschwinden von Steffie als Zeugin gemeldet, weil sie auf der gleichen Fähre wie das Kind gewesen war. Sie hatte ausgesagt, dass sie nichts gesehen hätte, was irgendwie mit dem Verschwinden eines Kindes in Zusammenhang stehen könnte. Ja, jetzt fiel Eva wieder alles ein. Die Frau schien wohl öfter auf Langeoog zu sein. Vielleicht war ihr ja doch noch etwas eingefallen, dachte Eva und ging zu ihr.

»Ist hier noch frei?«, fragte sie und die Frau sah sie fragend an.

»Eva Sturm, Polizei Langeoog. Sie haben vor einigen Monaten eine Aussage bei mir in der Dienststelle gemacht«, half Eva nach.

»Oh ... ja, jetzt erinnere ich mich. Setzen Sie sich doch«, sagte die Frau und rückte unbeholfen zur Seite, obwohl noch der ganze Rest der Bank frei war.« Sie wirkte unsicher, fand Eva.

»Sie reisen wohl öfter nach Langeoog?«, fragte Eva und sah sie offen an.

»Ja, hin und wieder. Ich habe ja Zeit.«

»Ist es jetzt das erste Mal, seitdem Sie bei mir in der Dienststelle waren?«

»Nein, ich war auch Silvester drüben.«

»Na, dann kennen Sie sich ja auf Langeoog aus.«

»So einigermaßen. Und Sie? Hatten Sie auf dem Festland zu tun?«

»Ja, in der Tat. Ich habe die Großmutter des vermissten Mädchens von damals besucht. Steffie ist nämlich immer noch nicht wieder aufgetaucht.«

»Ach, das ist ja schrecklich. Das arme Kind«, sagte die Frau mitfühlend.

»Ja, das kann man wohl sagen. Und es ist wirklich komisch, auch alle anderen Personen, die ich außer Ihnen befragt habe, können sich an nichts erinnern. Niemand hat Steffie auf der Fähre gesehen. Es ist wie verhext.«

Die Frau sagte nichts und kramte in ihrer beigefarbenen Handtasche herum.

»Was dem Kind wohl zugestoßen sein mag«, murmelte sie und dann fiel die Tasche herunter.

Die berühmten tausend kleinen Teilchen verteilten sich auf dem grünen Boden der Fähre.

»Ach, wie ungeschickt«, rief die Frau aus und machte Anstalten, sich nach unten zu bücken.

»Ich helfe Ihnen«, bot Eva an und gemeinsam rafften die Frauen alles zusammen und stopften es wieder in die Handtasche.

»Wissen Sie was«, sagte Eva, als sie wieder still nebeneinandersaßen, »ich habe das Gefühl, dass Sie mich angelogen haben.«

»Wie bitte?«, stieß die Frau mit hochrotem Kopf aus. »Was reden Sie denn da?«

»Sie haben mich schon sehr gut verstanden«, bekräftigte Eva. »Ich glaube Ihnen nicht, dass Sie nichts mitbekommen haben. Gerade einer aufmerksamen alleinreisenden Frau entgeht doch eigentlich nichts. Was sollten Sie auch sonst gemacht haben, außer Menschen zu beobachten? Und deshalb denke ich, dass Sie Steffie und vermutlich auch ihre Mutter Ulrike ganz bestimmt an dem Tag gesehen haben. Entweder am Fähranleger oder hier auf der Fähre. Was meinen Sie, möchten Sie Ihre Aussage korrigieren? Noch wird es ohne Konsequenzen für Sie sein, wenn Sie kooperieren.«

»Konsequenzen?«, wiederholte die Frau und sah hilflos aufs Meer. Es würde noch gute fünfzehn Minuten dauern, bis sie vor Langeoog anlegten. Die einzige Alternative wäre jetzt wohl, über Bord zu gehen.

»Hören Sie, es liegt mir nicht daran, Sie zu verhaften«, sagte Eva und diese Ansage verfehlte ihre Wirkung nicht. Die Frau wurde bleich im Gesicht vor Schreck.

»Ich ...«, stammelte sie, »ich wollte doch mit der ganzen Sache nichts zu tun haben.«

Also doch, dachte Eva triumphierend. Sie spürte, dass sie der Lösung des Falles immer näher kam.

»Reden Sie«, forderte sie die Frau auf.

»Ich habe das Mädchen gesehen«, sagte die Frau und sah verschämt zu Boden.

»Hier auf der Fähre?«

Die Frau nickte.

»Mit einem Mann? Oder war Sie alleine?«

»Es war ein Mann bei ihr, so ein älterer Herr.«

Verdammt.

»Und was ist dann passiert? Wie hat das Mädchen auf Sie gewirkt?«

Jetzt schluchzte die Frau auf.

»Das Kind war total verängstigt«, sagte sie und Tränen sammelten sich in ihren Augen, als sie Eva ansah. Dann wischte sie mit einem Taschentuch darunter entlang und erzählte die ganze Geschichte, die sich an dem Morgen am Fähranleger zugetragen hatte.

Wie immer um die Jahreszeit war es ziemlich voll am Fähranleger gewesen. Die Menschen hatten sich schon weit vor der Ankunft der Fähre in reih und Glied aufgestellt, um einen Platz an Deck zu ergattern.

Wie immer reiste Charlotte alleine. Und so hatte sie genügend Zeit, sich die Reisenden anzusehen, sie zu beobachten, ihr Verhalten zu studieren. Als ehemalige Sozialpsychologin war es mittlerweile eines ihrer größten Hobbys, Menschen anhand ihres Verhaltens in verschiedene Gruppen einzuordnen. Und besonders alleinreisende Frauen mit Kindern weckten immer ihr Interesse. So auch Ulrike und Steffie, die ihr bereits bei ihrer Ankunft aufgefallen waren. Sie schienen ein ganz besonders inniges Verhältnis zueinander zu haben, denn sie hielten sich ständig bei der Hand. Und das geschah nicht, weil das Mädchen besonders schüchtern oder die Mutter besonders ängstlich war. Da waren echte Gefühle im Spiel. Und Charlotte wusste im gleichen Augenblick, dass diese beiden nur sich gegenseitig hatten.

Da sie selber schon alles für die Reise erledigt hatte, saß Charlotte dann später in der Halle am Fähranleger und auch da traf ihr Blick wieder auf Ulrike und ihre Tochter. Das Mädchen trug einen Rucksack auf dem Rücken, aus dem ein großer plüschiger Bärenkopf herausragte.

Charotte blieb immer so lange drinnen sitzen, bis endlich alle anderen Passagiere, die offensichtlich Angst hatten, dass die Fähre ohne sie fuhr, praktisch an Bord gegangen waren.

Und so beobachtete sie auch, wie das Mädchen neben der jungen Mutter plötzlich die Beine zusammenkniff und ihre Mutter am Arm zog. Das konnte nur eines bedeuten, sie musste zur Toilette. Die Mutter warf einen verzweifelten Blick zur Fähre, wo sich schon die Gäste anreihten, und dann wieder zu ihrer Tochter, die ein herzerweichendes Gesicht machte. Die Mutter nickte schließlich und das Mädchen rannte los. Dabei wippte der Teddybärkopf lustig auf ihrem Rücken hin und her.

Die Mutter sah sich immer wieder hektisch um. Ob das Mädchen es noch schaffte, bis die Fähre abfuhr? Doch jetzt wurde es auch für Charlotte Zeit, und sie stieg die Stufen zur Fähre hinunter, um an Bord zu gehen.

Beim letzten Zurückblicken erhaschte sie noch einen verzweifelten Blick der Mutter.

Erst, als Charlotte sich einen Platz auf dem oberen Deck gesichert hatte, sah sie einen älteren Mann, der am Fähreingang stand. Er trug einen blauen Blazer und eine schwarze Hose und sah aus, als gehörte er zur Bordcrew.

Die junge Mutter hielt ihre Tochter bei der Hand und sprach mit dem Mann. Dieser nickte hin und wieder und schließlich gab die junge Frau dem Mann ihren Koffer und auch das Mädchen vertraute sie ihm an.

Danach nahm die junge Frau die Beine in die Hand und lief wieder in das Fährhaus. Der Mann, er ging mit dem Kind an Bord.

»Das alles haben Sie gesehen und nichts gesagt?«, fragte Eva fassungslos.

»Ich weiß, dass es falsch war ...«, sagte Charlotte.

Dann erzählte sie weiter.

Irgendwann hatte sie die junge Frau und das Kind vergessen und richtete ihren Blick aufs Wasser.

Das Letzte, was sie dann sah, als die Fähre sich in Bewegung setzte, war, dass die junge Mutter wild mit den Armen wedelnd am Fähranleger stand und verzweifelt etwas rief.

»Und das Mädchen? Haben Sie das Mädchen dann noch einmal auf der Fähre gesehen?«, fragte Eva tonlos.

Die Frau nickte.

»Ja, ich habe das Mädchen gesehen ...«, begann sie und wischte dann wieder mit dem Taschentuch unter ihren Augen entlang.

»War der ältere Mann noch immer bei ihm?«

Die Frau nickte wieder.

»Und? Nun reden Sie doch endlich!«, forderte Eva ungeduldig auf. »Was ist auf der Fähre passiert?«

Die Frau schluckte und erzählte weiter.

Ja, sie habe den älteren Mann mit dem Kind gesehen. Und das Mädchen sah dabei ganz und gar nicht glücklich aus. Immer wieder sah es zum Festland, wo ihre Mutter immer noch hilflos am Hafen stand.

Irgendwann fing das Mädchen dann an, zu weinen. Doch der Mann, der die Hand des Mädchens so fest hielt, dass es ihm offensichtlich wehtat, flüsterte ihr etwas ins Ohr und das Kind wurde blass vor Schreck.

Sie habe seit dem Moment nichts mehr gesagt. Ihr Gesicht war wie das einer Puppe. Gläsern, weiß und völlig emotionslos. Sie habe nicht einmal mehr geweint.

»Wie konnten Sie das verschweigen?« Eva klang jetzt böse. »Sie haben das Leben des Mädchens aufs Spiel gesetzt. Wie konnten Sie das nur tun?«

»Es haben doch alle gesehen, dass es dem Mädchen bei dem Mann nicht gut geht«, schniefte die Frau, »und alle haben geschwiegen.«

»Das wird Konsequenzen für Sie haben«, sagte Eva ohne Verständnis in der Stimme.

»Ich weiß«, sagte die Frau, »dass es dafür keine Entschuldigung gibt.«

Da die Frau keine Möglichkeit hatte, die Fähre zu verlassen, stand Eva auf und lief zum hinteren Teil des Schiffes und sah aufs Wasser.

Langeoog war schon zu sehen. Und sie wusste, dass Ulrike und Steffie noch immer auf der Insel waren.

Nach allem, was sie eben gehört hatte, schien doch alles ganz anders zu sein. Ulrike steckte nicht hinter der Entführung, sondern war vermutlich selber zum Opfer der Entführer geworden.

Eva zog ihr Handy aus der Tasche und wählte die Nummer ihres Chefs in Osnabrück.

»Ich brauche ein Sondereinsatzkommando, das sämtliche Häuser auf Langeoog durchkämmt. Ich denke, eine junge Frau und ihre Tochter werden gegen ihren Willen irgendwo festgehalten.«

Sie erklärte noch kurz die Zusammenhänge des schon fast zu den Akten gelegten Falles und legte auf.

Sondereinsatzkommando

Die Menschen in den Straßen schreckten zurück, als sie die vermummten Männer sahen, die fast lautlos in Häuser, Hotels oder Restaurants stürmten.

Über fünfzig Mann hatte der Chef in Osnabrück abgeordnet.

Eva hielt es nicht in ihrer Dienststelle oder ihrer Wohnung aus. Draußen, unterwegs in den Straßen, hielt sie Kontakt zu dem Oberbefehlshabenden, der alles koordinierte.

Als die erlösende Meldung kam, dass man Ulrike und Steffie gefunden hatte, war sie gerade auf Höhe der Touristikinfo unterwegs.

»Gott sei Dank«, sagte sie laut in ihr Handy. »Ich bin sofort da.«

Dann stand sie endlich in der Barkhausenstraße vor dem Restaurant, wo man Ulrike und Steffie in einer Oberwohnung mit Blick auf das muntere Treiben unten so lange gefangen gehalten hatte.

»Ulrike«, sagte Eva, als sie sich zu ihr und Steffie durchgekämpft hatte. »Ich bin so froh, dass es Ihnen beiden gutgeht.«

»Gut?«, fragte Ulrike und sah sie teilnahmslos an. Dann legte sie ihr Gesicht auf Steffies Haar und weinte bitterlich.

»Ich spreche später mit Ihnen«, sagte Eva und strich Ulrike über den Rücken. »Sanitäter werden sich gleich um Sie kümmern.«

Und dann brachten zwei Beamte einen älteren Mann und eine noch ältere Frau mit auf dem Rücken gefesselten Armen nach draußen. Eva hatte diese beiden noch nie auf der Insel gesehen. Jedenfalls hatte sie keinerlei Erinnerung an die Gesichter.

»In die Dienststelle?«, fragte der eine Beamte und Eva nickte.

»Auf jeden Fall werde ich mir die beiden jetzt vorknöpfen. Und bringen Sie Ulrike und ihre Tochter bitte zu mir in die Wohnung, wenn sie von den Sanis untersucht worden sind. Hier ist mein Schlüssel. Die Spurensicherung kümmert sich sicher um die Wohnung da oben, nehme ich an.«

Der Beamte nickte.

»Sieht eigentlich alles ganz normal aus«, sagte er, »bis auf die Tatsache, dass die Fenster verklebt waren, so dass man nicht nach draußen sehen konnte.«

Eva nickte ihm noch einmal zu und ging dann die Stufen zu der Wohnung nach oben. Sollten die beiden Täter doch noch eine Weile in ihrer Dienststelle schmoren, bis sie sie verhörte.

Als Eva die dunklen knarrenden Stufen zu der Wohnung über dem Restaurant, die man über einen Nebeneingang an der Seite des Hauses erreichte, nach oben ging, herrschte Totenstille.

Es roch muffig in dem dunklen Flur und irgendwo summte eine Birne, die wohl bald durchbrannte.

Der erste Raum, in den sie trat, war ein Flur, von dem aus drei Türen in weitere Zimmer führten. Sie wusste sofort, welches das besagte Zimmer war, das zur Straße führte. Die Tür war nur angelehnt, und so ging Eva hinein.

Ein Geruch nach frischgebackenen Waffeln schlug ihr entgegen. Erst, als sie sich an das schummerige Licht, das eine Art Nachttischlampe an der Wand in den Raum warf, gewöhnt hatte, sah sie auch den Teller, auf dem die Waffeln lagen.

In dem Raum stand nur ein großes Bett. Hatte Ulrike hier mit ihrer Tochter über Monate geschlafen? Wie oft waren sie nach draußen gelassen worden? Und warum war Ulrike am Strand weggelaufen, als sie sie erkannt hatte? Sie hätte ihr doch da schon helfen können.

Es tat ihr so unendlich leid, dass sie nicht an der Sache drangeblieben, war damals, und Ulrike für eine getürmte Mutter gehalten hatte.

Vielleicht habe ich mich zu sehr von Henny beeinflussen lassen, dachte Eva und ging zu dem Fenster, durch das man nicht sehen konnte. Genauso blind war sie wohl auch gewesen.

Bevor sie in die Dienststelle ging, atmete sie vor der Tür noch einmal tief durch.

Der Beamte hielt die beiden Alten, die stumm auf ihren Stühlen saßen und nach unten sahen, im Blick.

»Ich denke, Sie können jetzt gehen«, sagte Eva. »Mit denen werde ich schon fertig.«

»Gut, ich warte dann auf Ihren Anruf, damit wir die beiden mit rüber nehmen können aufs Festland.«

Eva nickte zur Bestätigung, dann war sie mit den Tätern alleine.

Sie setzte sich an ihren Schreibtisch.

»Wer von Ihnen beiden möchte anfangen?«, war das Erste, was sie fragte.

Keiner der beiden reagierte.

»Nun, dann würde ich sagen, ich fange mit Ihnen an, Frau Griese.«

Die alte Dame sah erschrocken auf.

»Sie waren es dann wohl, die den Rucksack des Mädchens in der Damentoilette mitnehmen wollte, richtig?«

Die Frau sagte nichts, sondern sah nur stur an Eva vorbei.

»Doch leider ist dann Ulrikes Mutter zurückgekommen, richtig? Sie dachte, sie würde es noch schaffen. Sie ist gerannt, so schnell sie konnte. Und deshalb haben Sie es auch nicht geschafft, den Rucksack verschwinden zu lassen. Fast hätte Ihnen das wohl einen Strich durch die Rechnung gemacht, denn Ihr Kalkül war es ja, dass Ulrike Renken eben keinen Rucksack in der Damentoilette findet, sondern noch weiter sucht. Vielleicht sogar im Herrenklo. Und so hätten Sie sicher sein können, dass sie auf jeden Fall die Fähre verpasst, auf der Sie, Herr Griese, bereits mit dem Mädchen an Deck waren. Und nur, weil Sie, Frau Griese, Ulrike dann in ein Gespräch verwickelt haben, hat es überhaupt noch funktioniert. Richtig?«

Die Frau sah in Richtung Mann.

»Sie beide sind Mutter und Sohn«, fuhr Eva fort, »und da hätten Sie, Frau Griese, doch wissen müssen, wie man sich da als Mutter fühlt, wenn einem plötzlich das Kind vor der Nase wegfährt, oder?«

Natürlich bekam sie keine Antwort.

»Und doch haben Sie das Spielchen mitgespielt. Haben Sie es für Ihren Sohn getan? Sind Sie pädophil, Herr Griese? Haben Sie sich an dem kleinen unschuldigen Mädchen vergangen?«

Als keiner der beiden auch nur ansatzweise eine Reaktion zeigte, wäre Eva fast der Kragen geplatzt.

»Wissen Sie, was ich von Menschen wie Ihnen halte!«, rief sie aus, »Sie sind der letzte Abschaum. Alte Männer, die sich an Kindern vergreifen, das ist das Ekelhafteste, was ich mir überhaupt vorstellen kann. Sie kotzen mich regelrecht an!«

Jetzt war es die Frau, die entrüstet aufsah.

»Wie reden Sie eigentlich mit meinem Sohn?«, fragte sie. »Was fällt Ihnen ein. Egon hat noch niemals einem Kind etwas zuleide getan.«

»Ach nein!«, blaffte Eva. »Und was ist mit Steffie und ihrer Mutter?«

»Mein Sohn hat das Mädchen niemals unsittlich angefasst ... und dass die Mutter da mit hineingeraten ist, das war nicht geplant.«

»Nicht geplant? Was soll das heißen?«

Die Frau schien vom dringenden Bedürfnis getrieben, ihren Sohn, der immer noch stumm vor sich hinsah, in Schutz zu nehmen. Deshalb fuhr sie mit gesenkter Stimme fort, nachdem sie etwas weiter in Evas Richtung vorgerückt war.

»Mein Egon, er hat es doch auch nie leicht gehabt. Er war nie wie andere Jungen.«

Eva war das in dem Moment mehr als egal.

»Zu wenig Sauerstoff«, flüsterte Herta Griese, »es war einfach zu wenig Sauerstoff, weil die Geburt so schwierig war.«

Aha, Egon ist also geistig behindert, dachte Eva. Aber das rechtfertigte doch nicht so ein Handeln.

»Was genau wollen Sie mir hier eigentlich sagen?«, fragte Eva und verschränkte die Arme vor der Brust.

»Egon, er hat immer mit Puppen gespielt, nie mit Autos oder Baukästen, so wie die anderen Jungen ...«.

Eva verstand noch immer nur Bahnhof.

»Und?«

»Na ja, irgendwann, da wollte er eben eine richtige lebendige Puppe haben.«

»Eine lebendige Puppe?!«, rief Eva aus. »Wollen Sie damit etwa sagen, dass er Steffie für seine Puppe gehalten hat, mit der er spielen kann, die er schlafen legt und füttert?«

»So wie Sie das sagen, klingt das nicht normal«, entgegnete Herta.

»Aber es ist nicht normal!«, rief Eva aus. »Es ist verdammt nochmal alles andere als normal! Sie können doch nicht einfach ein Kind entführen, damit es Ihrem Sohn besser geht.«

»Aber was hätte ich denn machen sollen? Ich konnte ihn doch nicht noch länger alleine einsperren. Und ich fand es auch zu riskant, ihn alleine auf die Straße zu lassen, ich wusste doch nicht, was er dann alles anstellt.«

»Sie wollen mir doch wohl nicht damit sagen, dass Ihr Sohn Egon sein Leben dort oben in der Wohnung ohne Tageslicht verbracht hat, und niemals draußen war?«

»Die letzten Jahre ging es einfach nicht mehr«, sagte Herta, »er ist schließlich ein Mann, verstehen Sie, und kein Junge mehr. Als er kleiner war, damals, da sind wir oft zusammen am Strand gewesen. Aber das ist auch schon lange her.«

Ja, das muss verdammt lange her sein, dachte Eva. Doch es war klar, dass Egon nicht der ältere Mann gewesen sein konnte, der Steffie am Fähranleger in Bensersiel in Obhut genommen hatte.

»Wer war noch mit im Spiel? Wer hat Steffie mit an Bord genommen?«

»Das war Siegfried, mein Bruder«, sagte Herta.

»Und wo ist der jetzt?«

»Er ist tot. Kurz, nachdem wir die Sache ... ich meine, kurz nachdem ... Sie wissen schon, da ist er an einem Herzanfall in Aurich gestorben. Er wohnte nicht auf der Insel.«

Deshalb haben wir ihn nicht gefunden, dachte Eva. So alte Männer waren aus den Augen und aus dem Sinn, wenn es sie nicht mehr gab. Niemand erinnerte sich dann mehr an sie. Und schon gar nicht brachte man einen erst vor kurzem so tragisch Verstorbenen mit einem Verbrechen an einem Kind in Verbindung.

»Es waren also Sie und Ihr Bruder in die Sache verwickelt«, stellte Eva fest. »Und natürlich Egon, für den das alles arrangiert worden ist.«

Herta Griese nickte.

»Ich weiß ja auch, dass es ein Fehler war, aber wenn Sie Kinder haben, dann verstehen Sie vielleicht ...«.

Eva hob abwehrend die Hände. »Ich denke, da werden Sie von niemandem Verständnis erwarten dürfen. Und warum haben Sie auch Ulrike entführt? Haben Sie das etwa alleine gemacht?«

Herta nickte.

»Ja, und das war gar nicht so schwer. Ich habe sie einfach am Strand angesprochen. Ich habe ihr gesagt, dass ich wüsste, wo ihre Tochter ist, doch dass sie sie nur wiedersehen würde, wenn sie die Polizei und auch sonst alle aus dem Spiel lässt.«

»Verstehe«, sagte Eva, »Sie haben sie in die Wohnung gelockt und dann mit eingesperrt. Aber warum das Ganze? Das bedeutete doch ein großes Risiko, weil eine erwachsene Frau wesentlich wehrhafter ist als ein Kind.«

»Na, weil die Steffie doch die ganze Zeit geweint hat. Am Anfang, da konnten wir sie noch mit Spielzeug beruhigen. Doch dann wurde sie so traurig und hat immer nach ihrer Mama gefragt. Es hat mir das Herz gebrochen ...«.

Eva fehlten die Worte bei dieser Unverfrorenheit.

»Die Kollegen werden Sie mit aufs Festland nehmen und dort dem Haftrichter übergeben.«

»Aber mein Sohn, der ist doch gar nicht schuldfähig«, sagte Herta, »er kann doch gar nichts dafür.«

»Wie Sie eben schon sagten, er ist erwachsen, ein richtiger Mann. Man wird ihn vermutlich in eine entsprechende Anstalt bringen.«

Ulrike und Steffie

Wie krank können Menschen sein?, fragte sich Eva, als sie sich auf den Weg zu ihrer Wohnung machte.

Dort warteten Ulrike und Steffie auf sie. Und noch immer nagten Zweifel an ihr, ob sie nicht hätte verhindern können, was geschehen war, wenn sie eher in diese oder jene Richtung gedacht hätte.

Mit gemischten Gefühlen schloss sie die Tür auf, vor dem einer der Kollegen Wache stand.

»Ich denke, Sie können jetzt Feierabend machen«, sagte Eva, »und vielen Dank für Ihre Mithilfe.«

Der Beamte nickte und ging.

So, Eva Sturm, jetzt tief durchatmen, gleich wird es wieder einmal verdammt emotional.

»Ulrike!?«, rief sie, als sie eintrat. »Sind Sie in der Küche?«

Sie konnte dann gar nicht so schnell reagieren, wie Ulrike und Steffie ihr dann vor Dankbarkeit um den Hals fielen.

»Frau Sturm«, sagte Ulrike unter Tränen, »vielen vielen Dank, dass Sie uns gefunden haben.«

Eva standen die Tränen in den Augen. Sie und Ulrike sahen sich wortlos an, während Steffie schon wieder mit ihrer Puppe unter dem Arm in die Küche rannte.

»Ich habe ihr Toast mit Erbeermarmelade gemacht«, sagte Ulrike, »ich hoffe, das ist in Ordnung.«

»In Ordnung?«, wiederholte Eva mit erstickter Stimme, »aber sicher ist das in Ordnung. Kommen Sie, wir gehen zu Steffie.«

Und dann saßen die beiden Frauen noch lange zusammen und Ulrike schilderte ihre Version von dem Zeitpunkt ab, wo die ältere Frau, nämlich Herta Griese, sie am Strand angesprochen hatte. Das war an dem Tag, als Eva bei ihrer Mutter im Haus war, und sie getürmt war.

„Sie hatten wohl oft Streit mit Ihrer Mutter."

»Das ist doch auch nicht verwunderlich«, meinte Ulrike, »und wenn Steffie und ich wieder bei Kräften sind, dann werden wir von hier wegziehen. Ich muss das endlich mal machen, damit auch Steffie und ich zur Ruhe kommen. Meine Mutter macht mir das Kind immer abspenstiger, ich habe Angst, Steffie zu verlieren.«

»Hm ...«, machte Eva nach einer Weile, die das Bild der heruntergekommenen Henny noch vor Augen hatte, als sie sie in Esens aufgesucht hatte. »Vielleicht sollten Sie alles noch einmal genau durchdenken, bevor Sie alle

Brücken abbrechen, und verstehen Sie mich nicht falsch, ich kann Sie verstehen und bin auf Ihrer Seite. Doch ich habe Ihre Mutter vor Kurzem besucht in Esens, weil ich Sie doch mit Steffie am Strand gesehen habe. Es geht ihr nicht gut …«.

»Ich weiß, was Sie meinen«, entgegnete Ulrike. »Doch ich muss diesen Weg jetzt einfach gehen und Ostfriesland verlassen. Vielleicht, wenn ein wenig Zeit verstrichen ist, kann ich wieder auf meine Mutter zugehen. Aber ich verspreche Ihnen, dass wir sie besuchen werden, bevor wir umziehen. Natürlich soll sie wissen, dass es mir und Steffie gutgeht.«

»Das ist schön«, sagte Eva. »Und übrigens, ich verstehe noch nicht so ganz, warum Sie und Steffie alleine am Strand unterwegs waren. Eigentlich wurden Sie doch in der Wohnung über dem Restaurant gefangen gehalten.«

»Steffie hatte Geburtstag, und sie durfte sich etwas wünschen«, sagte Ulrike und sah dabei mit einem Blick voller Liebe zu ihrer Tochter, die auf dem Boden saß und spielte.

»Dann hat Ihnen also der Geburtstag Ihrer Tochter das Leben gerettet«, entgegnete Eva. »Und sie ist ein Wassermann, genau wie ich.«

»Also verdammt dickköpfig und willensstark«, sagte Ulrike lachend, »ich verstehe jetzt, warum Sie nicht locker gelassen haben, bis sie uns gefunden haben.«

Am nächsten Morgen packte Ulrike die wenigen Sachen, die sie und Steffie noch hatten. Und eigentlich wollte sie auch gar nichts mehr davon haben, weil es sie an eine schreckliche Zeit erinnerte. Doch wie erklärte man einem sechsjährigen Mädchen, dass es sich von seiner Puppe trennen musste, die doch das Einzige gewesen war, an das sich das Kind in dem dunklen Zimmer hatte klammern können? Also fuhr Silly mit nach Bensersiel, gleich neben Abby in dem Rucksack.

Durchatmen und weiter

Heute würde Robert auf die Insel kommen und das war auch bitter nötig. Eva brauchte eine Schulter, um sich anzulehnen und einfach mal sie selbst zu sein.

Sie räumte noch ein wenig auf und sah wieder auf die Uhr.

Robert wollte die letzte Fähre nehmen und müsste jetzt eigentlich schon Richtung Langeoog unterwegs sein.

Bei dem Gedanken an ihn bekam sie Herzklopfen.

Und das mit fünfzig, dachte sie, und musste schmunzeln.

Sie war mit der Inselbahn an den Fähranleger gefahren, um Robert abzuholen.

Als sie ihn dann in der Menschenmenge entdeckte, kribbelte es in ihrer Magengegend. Ein unbeschreiblich schönes Gefühl.

Und er sah so gut aus. Warum war ihr das eigentlich vorher nie so richtig aufgefallen? Vielleicht, weil sie in ihm nur einen Teil ihrer bösen Vergangenheit gesehen hatte, den sie am liebsten verdrängen wollte. Sie hatte Robert nie als Mann gesehen, das war es wohl gewesen. Keiner, dem man seine Gefühle oder gar sein Herz schenkte.

Wie gut, dass er mir die Augen geöffnet hat, dachte sie, und lief ihm entgegen.

»Eva, wie schön ...«, konnte er gerade noch sagen, bevor sie sich ihm entgegenstreckte und lange küsste.

»Es tut gut, dass du da bist«, sagte sie, als sie sich ansahen. »Lass uns doch zu Fuß zurücklaufen, es ist so wunderschöne Luft heute.«

»Sicher, wenn du das möchtest, dann machen wir auch das«, sagte Robert und legte einen Arm um sie.

»Wo wollen wir denn heute Abend essen?«, fragte er nach einer ganzen Weile, während sie schweigend nur gegangen waren und sich bei den Händen hielten.

»Ich weiß nicht, müssen wir wirklich raus? Ich könnte uns auch was Schönes kochen«, schlug Eva vor.

»Das kommt gar nicht infrage«, widersprach Robert sofort, »nach den ganzen Ereignissen der letzten Zeit, da wirst du dich schön verwöhnen lassen. Ich kenne da ein neues Gericht mit frischen Pilzen und Limonen. Das könnte ich mal ausprobieren, wenn du magst.«

»Pilze und Limonen? Hört sich komisch an.«

»Stimmt«, lachte Robert, »als ich das erste Mal davon hörte, da hab ich auch das Gesicht verzogen. Aber es kommt auch noch Kokosöl dazu, das reißt die ganze Sache wieder raus.«

»Hm ... da bin ich ja mal gespannt«, lachte Eva.

Später war Robert noch einmal in den nächsten Laden gegangen, um die Zutaten für sein neues Gericht zu besorgen. Eva hatte sich aufs Sofa gelegt und las in einem Buch.

Doch bevor Robert mit dem Kochen beginnen konnte, entschieden sie dann doch, noch erst ein wenig auszuruhen.

Und der Rest ist wie immer Schweigen.

ENDE

Zur Autorin

Moa Graven: »Ich habe erst mit fünfzig meine Leidenschaft für das subtile Verbrechen entdeckt.«

Als gebürtige Ostfriesin kam Moa Graven durch Umwege über den Journalismus selber zum Krimi-Schreiben. Das war im Jahr 2013, als sie ihren ersten Krimi mit Ermittler Jochen Guntram als Fortsetzung in einem Monatsmagazin veröffentlichte. Mittlerweile lebt die Autorin vierer Krimi-Reihen vom Schreiben. Ihr erster Fall für Eva Sturm wurde 2016 verfilmt und 2017 ins Englische übersetzt.

Besuchen Sie die Autorin hier: www.moa-graven.de

NEU: Die Ostfrieslandkrimis App von Moa Graven zum kostenlosen Download!

Die Eva Sturm Krimi-Reihe im Überblick

Verliebt ... Verlobt ... Verdächtig *- Band 01*

Justitias Schwäche *- Band 02*

Bitterer Todesengel *- Band 03*

Blaues Blut *- Band 04*

Stille Angst *- Band 05 (Overcross-Special mit den drei ostfriesischen Ermittlerteams von Moa Graven, die einen Fall auf Borkum lösen)*

Schiffbruch *- Band 06*

Auf dich wartet der Tod *- Band 07*

7 Tage Regen *– Band 08*

Wenn es Abend wird, mein Schatz ... *– Band 09*

Stirb leise ... *– Band 10*

Der letzte Tanz *– Band 11*

Und alle haben geschwiegen *– Band 12*

Niemand wird dir vergeben *– Band 13 (Anfang 2018)*

Alle Bücher sind als eBook und Taschenbuch erhältlich!

Die weiteren Krimi-Reihen von Moa Graven

Kommissar Guntram Krimi-Reihe

Mörderischer Kaufrausch - Band 01
Mord im Gebüsch - Band 02
Mordsgeschäfte - Band 03
Das Meer schweigt … - Band 04
Märchenhafte Morde - Band 05
Hinter verschlossenen Türen - Band 06
Teezeit - Band 07
Wer erschoss den Weihnachtsmann? - Band 08
Hannah – Vergessene Gräber - Band 09
297 Tage - Band 10
Tod einer Prinzessin - Band 11

Profiler Jan Krömer Krimi-Reihe

KillerFEE – Band 01
Todesspiel am Großen Meer – Band 02
Kneipenkinder – Band 03
Fallensteller - Band 04
Flächenbrand – Band 05
Blindgänger – Band 06
Fremder - Band 07
Die Puppenstube - Band 08
H.E.A.T.H.E.R – *Band 09*

Der Adler – Joachim Stein Krimi-Reihe in Friesland

Der Adler – LaLeLu … und tot bist du - Band 01
Der Adler - KALT - Band 02
Der Adler - NEBEL - Band 03
Der Adler - Lebenslänglich - Band 04
Der Adler – Der Nachbar – *Band 05*

Alle Bücher sind als Taschenbuch oder eBook erhältlich!